诺贝尔文学奖作家文集·丘吉尔卷

伊恩·汉密尔顿行军记

[英]温斯顿·丘吉尔——著
刘勇军——译

Ian Hamilton's March

漓江出版社

图书在版编目(CIP)数据

伊恩·汉密尔顿行军记 / (英) 温斯顿·丘吉尔著；刘勇军译. -- 桂林：漓江出版社，2020.2
ISBN 978-7-5407-8729-5

Ⅰ.①伊⋯　Ⅱ.①温⋯②刘⋯　Ⅲ.①纪实文学–英国–现代　Ⅳ.①I561.55

中国版本图书馆CIP数据核字（2019）第203111号

伊恩·汉密尔顿行军记
YIEN · HANMIERDUN XINGJUNJI

［英］温斯顿·丘吉尔　著
刘勇军　译

出 版 人：刘迪才
策划编辑：孙静静
责任编辑：陆　源
助理编辑：孙静静　林培秋
书籍设计：石绍康
责任监印：黄菲菲

出版发行：漓江出版社有限公司
社　　址：广西桂林市南环路22号
邮　　编：541002
发行电话：0773-2583322　　010-85893190
传　　真：0773-2582200　　010-85890870-814
邮购热线：0773-2583322
电子信箱：ljcbs@163.com
微信公众号：lijiangpress

印　　制：北京中科印刷有限公司
开　　本：880 mm × 1230 mm　　1/32
印　　张：7.5　　　　　　　　字　　数：160千字
版　　次：2020年2月第1版　　印　　次：2020年2月第1次印刷
书　　号：ISBN 978-7-5407-8729-5　　定　　价：48.00元

漓江版图书：版权所有·侵权必究
漓江版图书：如有印装质量问题，可随时与工厂调换

IAN HAMILTON.
From the Picture by John S. Sargent, R.A.

伊恩·汉密尔顿

前言

这本书是写给《晨报》的有关南非战争的信件的续篇,而这些信件最近以《从伦敦,经比勒陀利亚,到莱迪史密斯》为题出版。虽然这些信件在一定程度上是以连载的形式供读者阅读的,但以书籍的形式再出版后得到了公众的宽容对待,于是我受到鼓舞,要重复这个实验。

续篇的主要内容是伊恩·汉密尔顿中将率领纵队在位于罗伯茨勋爵所率领的主力部队的侧翼,从布隆方丹向比勒陀利亚进军。这支部队遇到并战胜了布尔人的抵抗,他们远离铁路、行进400多英里,穿过敌军国家最肥沃的地方,共进行大型战斗10场和14场较小的冲突,攻下了5个城镇。由于他们无法发电报,偶尔会有一个报社记者跟随这支部队,但没有记者长期随该部进行报道。因此,很少有人听说过这支部队的命运,而且,据我所知,也没有人写过关于他们的事迹。

已经出版过的信件,只要涉及这支部队的,将会重印。我采用了我一直觉得很顺手的个人叙事风格写作,逐渐写出了这支侧翼纵队作战的整个过程,时间跨度从伊恩·汉密尔顿离开布隆方丹去进攻自来水厂的阵地,到他率部取得钻石山战役胜利后返回比勒陀利亚。

虽然书中内容大都是在战场上写成的,并且完全遵循事实,但免不了会有错误,毕竟工作中总有疏漏。整本书都经过了认真的修改。这次还增加了四封信。这些信均是第一次与读者见面。在我们长途行军的过程中,我和部队在一起,没能把这些信写完。现在,经过了事后的周全思考,我或是增加了信的内容,或是对其进行了修正。尽管保持了书信的形式,但我还是希望读者认为故事具有连续性。

我不希望读者认为这本书描述的个人事件和冒险有任何不寻常之处,超过了那些在战场上行动不受限制的人的普遍命运。我之所以写到这些,不是因为任何特殊的关注或历史意义,而是因为这种方法是最简单的,而且,就我的智慧而言,这是最好的讲故事的方式,同时还可以适当地考虑细节和比例。

最后,我必须向《晨报》的所有人表示我的感激之情,感谢他们帮助我的出版商,允许他们复制战争期间寄来的每一封信。谨向马尔伯勒公爵表示感谢,我感谢他提供了这支部队的兵力和构成的详细情况,并感谢他帮助我力求准确;此外,感谢弗兰克兰先生,他在比勒陀利亚作为战俘度过的艰苦岁月的英勇记录,有助于使这本书为公众所接受。

温斯顿·斯宾塞·丘吉尔

伦敦

1900 年 9 月 10 日

目　录

001　　第 一 章　到处奔走的职位
009　　第 二 章　加塔克将军退场
017　　第 三 章　折中
025　　第 四 章　和布拉巴宗相处的两天（一）
032　　第 五 章　和布拉巴宗相处的两天（二）
039　　第 六 章　德韦茨多普的插曲
047　　第 七 章　伊恩·汉密尔顿的行军
060　　第 八 章　伊恩·汉密尔顿
075　　第 九 章　霍特纳克之役
085　　第 十 章　右翼军
106　　第十一章　林德利
122　　第十二章　一支布尔车队
131　　第十三章　约翰内斯堡之战
144　　第十四章　攻陷约翰内斯堡
159　　第十五章　攻占比勒陀利亚
167　　第十六章　战俘日志
216　　第十七章　钻石山之战

第一章　到处奔走的职位

纳塔尔皮埃特斯附近的火车上，1900年3月31日

莱迪史密斯的守备部队和援军仍在休整当中，会出现这种情况，原因有二，一是长期被困，二是过度劳累。图盖拉河沿岸静悄悄的，只能听到哗哗的水流声。从洪格尔的布尔特到韦纳，并没有枪声或大炮的轰鸣声划破潺潺水声。

战事已经向北推进：几个月前，入侵的军队犹如洪水一般，几乎淹没了莱迪史密斯，切断了它与外界的联系，甚至有可能吞没整个国家，但现在，洪水已经减弱并消退了，这样一来，纳塔尔的军队就可以利用战争间隙的这段时间，凭借收复领土带来的便利条件好好休息一下。

诺克斯（莱迪史密斯）旅进入了小镇以西5英里处的阿尔卡迪亚营地。霍华德（莱迪史密斯）旅则撤退到科伦索南部一片微风习习的平原。至于克利里师，骁勇善战的克利里病愈如初，取代了作战勇武且屡立战功的利特尔顿，随后，该部向北移动，在埃兰兹拉赫特以北的星期日河沿岸扎营。亨特师在埃兰兹拉赫特

和丁塔伊尼亚尼各驻扎了一个旅。沃伦已经不需要再奉命去开普殖民地作战，便带着他的两个旅驻扎在莱迪史密斯以北，他们的驻地紧邻通往奥兰治自由邦的铁路线。布罗克赫斯特带着余部在附近一块平原驻扎，曾经他的部队几乎达到一个骑兵师的兵力，现在只剩下三个骑兵中队，他把兵团一个接一个地派到科伦索甚至是穆伊河去招兵买马。大军在苦战之后休整，准备投入新的战斗。在这些军队周围，敦唐纳德和伯恩-默多克的骑兵旅派出了巡逻队，犹如摊开一张巨大的幕帘——自东边的阿克顿霍梅斯，经由附近的贝斯特尔站，到韦塞尔斯山峡及更远的地方——都在他们的严密巡视范围内，为士兵们提供保护，让他们夜间安然入睡，白天放心休息。

与此同时，平民全都撤退到了德拉肯斯堡、比格斯堡和其他避难所里，那些地方地势较高，用不着惧怕任何入侵或攻击。他们位置分散，呈现出巨大的新月形，甚至环绕了我们从廷瓦山口经由沃什班克到波梅罗伊的分布广泛的前线。

但是，除了警戒部队展开的小规模战斗（对于未参战的兵将来说，这些战事根本无关紧要），纳塔尔弥漫着一种奇怪的和平氛围，每个人都在回忆刚刚结束的战斗，同时又很清楚马上将迎来新的战事，如此一来，平静的气氛变得更加强烈。所谓暴风雨前的平静，便是如此。

战争或许是这样的，但新闻绝非如此。这一阵的暴风雨过去了，在纳塔尔，军队头上的天空湛蓝无比。北方地平线附近的确乌云密布，但谁又能说得清它们什么时候会消散呢？我寻思着至少三个星期之内是不可能，于是决定在这段时间里去别的地方追风逐雨。

莱迪史密斯的战情稍缓之后，雷德弗斯·布勒爵士面临四个选择。第一，严防死守纳塔尔，把能分出来的兵力和火炮都派到罗伯茨勋爵那里；第二，通过范·雷南山口或廷瓦山口，挺进自由邦；第三，进攻比格斯堡的12000名布尔人，彻底扫清纳塔尔的敌人，并经由弗雷黑德区进入德兰士瓦；第四，向西或向北进攻，与罗伯茨勋爵的部队进行联合、重组，配合他们的主攻。

该如何选择？我询问众人的意见。参谋们但笑不语，他们个个儿和蔼可亲，高深莫测，人们能对他们尚未得知的秘密只字不提，实在是很难得。几位准将坦率地承认他们不知道该何去何从。将军则愉快地说，一旦准备好了，他就会去"追击"敌人，但他不清楚什么时候能准备好，也不确定敌人在什么地方。

看来有必要去找一些更为谦虚的人了，否则是听不到实话的。经过一番认真的寻找，我从一个好像是铁路搬运工的人那里得知，所有修复星期日河大桥的计划都被无限期地推迟了。经进一步调查，这确为事实。

这种情况有何深意？我认为，这意味着在一段时间内英军不会向比格斯堡发起直接进攻；而且，随着派遣部分纳塔尔驻军增援开普殖民地军队的计划被完全搁置，西线进军已成定局。

在等待主力到达克龙斯塔德的这段时间，我们明明可以在没有阻击的情况下通过范·雷南山口,却非要以巨大的人员伤亡代价强行通过,那就太荒唐了。因此,在罗伯茨勋爵继续向前挺进之前,纳塔尔的部队很可能会守株待兔,那之后,他们才会进入自由邦,与他一起联合作战,再说了,这么做也符合战略和常识。无论如何,纳塔尔的部队都会停战很长时间。

因此,我对自己说,我要去布隆方丹,看看当地和一路上的情势,等到纳塔尔军队经过关口时与他们会合。这便是我的计划,而读者将见证这个计划的搁浅。

3月29日清晨,我离开敦唐纳德旅的营地,通过莱迪史密斯,绕过改成指挥部的破旧女修道院所在的小山,然后经由主街来到火车站,乘坐上午10点的火车,而援军也是从主街进入城市的。

我们耽搁了几分钟,因为一辆火车送来了志愿军,他们要前往埃兰兹拉赫特,他们是第一批前去与纳塔尔驻军会合的志愿军,军官们都很想看看这些民兵。志愿军总共有5个连队,将近1000人,样貌英俊,眼睛炯炯有神。他们用探询的目光观察着周围的一切,还一边指着车站瓦楞铁发动机棚和其他建筑物上的大量弹孔,一边大笑个不停。

有几个皮肤黝黑、曾和布勒爵士一起过关斩将的正规军慢慢走到卡车跟前,和增援部队聊天。我听到了几句:"这是牛车吧?他们就给我们坐牛车。不,不!我们可是坐着头等双层普尔曼式客车来莱迪史密斯的。唉,格尔……总统。"他们聊着聊着又笑了起来。

我必须解释一下，普通士兵为了表示不屑，都是这样说话的。就拿"格尔先生实行了一项反动政策"这句话来说吧，没有一个士兵会着重强调"反动政策"，只会强调"格尔先生"。我曾经与一个连队的掷弹兵同乘一艘帆船在尼罗河上漂流了5天，所以我有最好的机会熟悉他们惯用的说话方式，我在此提到这个小插曲，是为了方便我们国家的一些诗人和歌手，说不定对他们有用呢。

火车开始穿过著名的地带，速度非常快。我们已经进入了矮树丛区，一个月前，敦唐纳德的先头骑兵中队在这片矮树丛里奔袭，遇到了敌人穷凶极恶的警戒线。

一刻钟后，我们抵达了英托姆河兵站医院。谢天谢地，这里不再是兵站医院了！自从大桥修好后，火车一直往来不断，在我离开小镇的两天前，2500名伤兵中的最后一批或是被转移到了穆伊河和高地的疗养营的大医院，或是被安排坐上了德班港的船只。现在这里只剩下100顶大小帐篷、一堆铁床、炊事房、饮水罐和600个坟墓。可怕的英托姆已成过去，就像噩梦在黎明前消失一般。

我们飞快地穿过彼得斯平原，我想起在大约5个月前，我在这片平原上艰难跋涉，当时，我是一个可怜的俘虏，用渴望的目光盯着莱迪史密斯的气球，身边的布尔人骑着马，警惕地看守着我。接着，火车驶入了巴顿山和铁路山之间的深谷，在战斗当天，骑兵们呈扇形穿过了这道深谷。火车加速向图盖拉河驶去，把我们带到了布尔人昔日的阵地前沿。战斗的痕迹处处可见。小饼干罐在山坡上像日光反射信号器一样闪闪发光。山坡上布满了密密麻麻如蜂巢一般的小石墙和障碍物，在那一个星期里，步兵营就藏在后面，以躲避枪炮的交叉火力。荆棘丛中有很多白色的木十字架。布尔人的战壕连成了一道道黑线，覆盖在群山之上。火车疾驰而过。

我了解每一道山坡和每一座山丘，我了解地面的每一处起伏，就像人们了解世界上的男人和女人一样。那里是个不错的掩护点。那边非常危险。到了这个地方，最好弯腰，走那边的时候必须跑着过去。藏在那边那个陡峭的小山后面，什么弹片都打不到你。那些岩石是躲避侧翼步枪火力的绝佳地点。就在一个月前，这些东西还攸关生死。如果我们能进抵那座山脊，就能控制战壕，说不定还能拿下整座山头，拿下这座山，莱迪史密斯就是我们的囊中之物了。就在一个月前，这些东西关乎荣誉或耻辱、胜利或失败、生或死。一个焦虑不安的帝国和一个等待着的世界想要了解这里的一切，而现在，这里实实在在就是我形容的样子：随处可见一堆堆乱石头和灌木，其间分布着洞和裂缝，到处散落着锡罐、纸和弹壳。

火车冒着蒸汽，小心翼翼地驶过科伦索的临时木桥，驶进了开阔的田野。在我们飞快驶过的一座碧绿山坡上，可怜的远程大炮被炸成了碎片；我们经过炮山，巨大的海军炮经常从那里发射；

我们穿过奇韦利营，或者说，那里只是曾经的奇韦利营，经过装甲列车的残骸，它们仍然躺在我们当初为了清理防线而费九牛二虎之力将它们拖到的地方；我们通过了弗里尔和埃斯特科特，经过7个小时的旅程，我们来到了彼得马里茨堡。

一个和我同坐在车上的军官指了指小镇北部信号山上的战壕。

"布尔人这么容易就占领了这个镇子，真是挺奇怪的。"他说，"当初我们每天挖战壕，以为他们随时会来，而总督拒绝离开首都，非要和我们一起坚持到底，他收拾好行装，随时都可以在接到通知的一个小时内进入战壕。"

知道那些黑暗而危急的日子已经过去了，战场上的军队足够强大，可以捍卫女王的领土，抵御任何进一步的入侵，真是令人愉快；然而，人们不得不烦恼地回忆起纳塔尔省北部仍在敌人手中。但这种情况不会持续太久。

我在彼得马里茨堡等了很长时间才吃上饭，然后乘夜车去了德班。我很幸运地在这里找到了一艘联军的船"圭尔夫"号，几乎没有停歇，我便去了东伦敦。天气很好，海上相对平静，船上的乘客寥寥无几，每个人都很谦虚，再加上航程很短，所以一路上还算愉快。

船长对这场战争非常感兴趣，一直十分关注，对战争的细节和事件非常熟悉。他曾开船运送志愿军和新兵，对英国士兵及其战友们的故事，他能聊上很久。

让大家都感到高兴和宽慰的好消息是以最戏剧化和最引人注

目的方式传到他耳朵里的。他们离开英国时，罗伯茨刚刚开始他们那大受欢迎的进军，公众的焦虑达到了极点。在马德拉，一份英国电报称他正在和克龙涅交战，已经三天音讯全无。然而，这个消息来自西班牙电报，该电报言之凿凿地表示英军大败，并已逃往奥兰治河以南。带着这个消息，船长不得不起航。整整十天，他们不知道外界的事，整天没事可做，就剩下猜测，这样一来，他们肯定会有很多的怀疑和恐惧。想象一下他们带着怎样的心情抵达圣赫勒拿岛吧。他告诉我，当拖船驶离时，没人敢打听消息。直到来到汽艇旁边，一名士兵才紧张地大叫："战争，战争——打得怎么样了？"当他们听到对方回应"克龙涅投降了，莱迪史密斯之困已解"，他说他只觉得从未听过这么美妙的叫喊声，我相信他的话。

在海上吹了 24 个小时的海风，颠簸了 24 个小时，这艘大船抵达了东伦敦，这时我已经受够了大海，决定立即下船。

第二章 加塔克将军退场

贝塔尼，4月13日

如果你在火车离开东伦敦的时候睡着了，那如果一路上顺利，等你一觉醒来，会发现自己已身在昆斯敦。

昆斯敦位于战争水位线以上。斯托姆伯格之战后，潮水涨得很厉害，看来昆斯敦至少会被淹没一阵子。但是命运和加塔克将军成了它的保护神。斯特克斯特卢姆坚守城池，为每天的攻击做准备。摩尔蒂诺遭到了炮轰。因此，昆斯敦没有经历任何战争的恐怖，虽然不高兴，却还是耐心地施行戒严令。

城里没有什么东西能给旅客留下深刻的印象，但是，在火车站的餐室里，有一个12岁左右的小男孩，他在没有帮助的情况下，以惊人的速度和优雅的气质，在短暂的就餐时间里接待了很多旅客。

5个月前，我走过这条路线，希望能在封城之前进入莱迪史密斯，当时我就对这个忙碌的孩子印象深刻，他没有一点儿非洲人的样子，倒像个美国人。那时候惨烈的战斗离他住的地方不远。但现在他还在这儿,战争并没有妨碍他,昆斯敦没有对他产生任何影响。

在斯特克斯特卢姆,可以看到一排空荡荡的战壕,一家医院上方挂着的红十字会会旗,延伸出来的墓地里布满了棕色的土丘,坟地上尚未长出草来,这一切都表明我们已经越过了和平与战争的界线。火车经过英雄德·蒙莫朗西最后的安息地摩尔蒂诺,到达了斯托姆伯格。几乎看不到布尔人占领了哪个地方,但可以看到他们曾在山脊后扎营的痕迹,那里满地都是肉罐头、稻草和废纸,还可以看到司令官斯瓦内普尔的坟墓和一些无名的坟堆,一块巨石(火车站站长的墓碑)上刻着一行字:"纪念德兰士瓦突击队,斯托姆伯格,1899 年 12 月。"敌军构成的洪水已经消退,如今只剩下这些废弃物。

在斯托姆伯格,我改变了主意,或者更确切地说,我是想出了一个主意,其实都是同一件事,只是听起来好一些。

我听说两周内不可能有军队从布隆方丹向别处挺进。因此,我要去开普敦,在"奴隶的安息之所"住上一个星期。毕竟,我的工作就是到处奔走,如果我不能到处奔走,那我的工作又有什么用?

于是我去了开普敦,在环境恶劣的火车上颠簸了 48 个小时,走过了 700 英里,而有些地方的铁路线才刚刚重新开通。但是我不打算把读者带到开普敦去。的确,我强烈建议读者只关注战争,把注意力放在前线上,因为此时此刻,开普敦并不是一个令人愉快的地方。不过，由于读者很可能想知道我为何提出这种建议，所以，我来解释一下吧。

正如一些作家所说，开普敦坐落在桌山之麓，以前一直是做生意和疗养的好地方，到了和平时期，或许它还将如此；但现在，它只是阴谋、丑闻、谎言和谣言的中心。

游客一般都住在纳尔逊山旅馆，前提是他们有幸能得到一个房间。在这家旅馆里，游客能找到欧洲一流旅馆中的各种奢侈品，却得不到舒适的体验。这里的食物非常美味，但还没送上来，就已经冷了；餐厅是很宽敞，但过于拥挤；这里有清爽干净的欧洲服务员，但人数并不多。

各色人等住在旅馆、旅馆花园或镇上的其他地方，男人们的妻子尤为如此。

在纳塔尔省的军队中，我们曾经认为罗伯茨勋爵在自由邦的战斗是军事技能和知识的典范；而且，我们认为弗伦奇是这个时代最早的骑兵之一。

这样的看法在开普敦得到了纠正，我痛苦地醒悟过来："战斗"从头到尾都是一团可耻的乱麻；这位陆军元帅一会儿做这个，一会儿做那个，"没有一个理智之人"的情况再一次出现，弗伦奇真是……至于基奇纳勋爵，开普敦作为一个进口贸易兴盛和社交之风盛行的地方，对他有些过于严厉了。

这非常令人费解。此外，似乎这些人应该知道很多事，因为他们在24小时内所制造出的新闻比前线所有记者的总和还要多。

全镇到处都是业余战略家和爱说闲话的女人。除了美国国内，只有这个一英亩土地上的上校人数最多，如果说这里的社交没有吸引力，那么政治方面就更没什么能叫人津津乐道的了。

各种各样的人情绪高涨。某些英国人、伟大的爱国者（他们只管高谈阔论，从不战斗，无论如何也没有志愿军团的人高尚）、小酒馆英雄以及其他类似的人，都在大街上痛批施赖纳先生来彰显他们的与众不同。

一些荷兰人不损耗自己的半点利益就逼得共和国走向灭亡，得知英国人反败为胜，所有荷兰人笑着搓手。现在，荷兰人一言不发地坐在公开场合，但一直密切关注轮船驶来接走国会成员和其他更有影响力更有诡计的人。他们低声地信誓旦旦地保证对帝国忠诚，提出各种各样解决这片殖民地问题的建议，而他们用的是一个很普遍的办法：正面我赢，反面你输。

英国报纸主张冷淡叛乱者，"现在他们倒下了，就过去狠狠踩上一脚""那些肮脏的荷兰人，这次给他们点教训吧"。荷兰报纸用这样的语气记录了战况："在战斗结束时，英国人像往常一样匆忙逃走，留下了2000亡魂，我方的伤亡是……"事实并非完全如此，但也很接近，只有"我方"这个词用得不太准确，"……一人死亡，两人受轻伤。"

现在谁都不要在开普敦待得太久，不然准会看到一个真实的南非。目前那里真的一团乱。

只有在政府大楼里，我才找到了一个不抱幻想的人，这个人

第二章 加塔克将军退场

就是焦急而又不知疲倦的总督，他了解双方的缺点和优点，权衡是非曲直，而且意志坚定，比以往任何时候都更加坚定——用他的知识和力量加强与帝国的联系，而这难道不是南非未来的唯一希望吗？

在此之前，读者都被留在璐普特的一条旁轨上。他们是否抱怨没有被带到开普敦？我们将一起加速回到更健康的战争气氛中。

事实上，在乘火车前往布隆方丹的路上，还没走出去很远，自由邦即将展开的大型行动的力量就开始影响我了。每个车站或每条旁轨上都停着满载部队的火车。人、马和火炮源源不断地向北转移，一直持续了两个星期；而且，在我启程的那一天，基奇纳勋爵命令所有部队行军到斯普林方丹以北，从而保持通道畅通，运送补给。因此，除了旁轨上的火车，列车都在不断地开向前线。

当天的一列客运列车在伯大尼停了下来。我下了车。要是继续赶路，到达布隆方丹时也得三更半夜了。最好的办法就是在这里睡一觉，天亮再上路。

"这里有很多军队吗？"我问。他们回答说："第3师都在这里。""指挥官是谁？""加塔克将军。"闻言，我便下定了决心。

我和这位将军还算有些交情，我们是在尼罗河畔认识的，当时相处融洽，他不允许任何人在通过他的军用食堂之后依然没吃饱或口渴。我急切地想见到他，想听听有关斯托姆伯格的所有情况，以及铁路东线进行的其他惨烈战斗。我在车站附近的一间铁皮房子里找到了他。他亲切地接待了我，我们长谈了一番。将军向我解释了许多我以前不明白的事，我们聊完了从前的军情，便把希望的目光转向了未来。他终于也是第一次可以指挥最初受命指挥的师团了。

"你知道，我在斯特克斯特卢姆只有两个半营的兵力和几匹殖民地的马，但现在我有两个整编旅。"

我在尼罗河畔认识他的时候，他冲劲十足、精力充沛，我还听说他在边境或在瘟疫肆虐的孟买战功赫赫，但此时的他完全不同。四个月的殚精竭虑已经在他身上留下了印记。资源不足，却还要维持部队的正常运转，他已经疲惫不堪。在一个遍布无数丘陵的国家里，对抗机敏和强大的敌人，而且布尔人可以说占尽了所有优势，如此一来，他纵使铁骨铮铮，也被压弯了腰；纵使他充满活力，也会筋疲力尽，曾经拥有一副铁骨和无尽精力的他在士兵当中是那么显眼。但当他想到未来，他的脸上露出了喜色。黑暗的日子过去了。破碎的岩石荒野已被甩在后面，四周是自由邦的草原。他终于掌握了整个师团的兵力。此外，他可能会立即采取行动。天色已晚，我该上路了，于是我向他告辞。第二天一大早，他就被解职，并被勒令返回英国，从此身败名裂，名誉扫地。

我一点儿也不怀疑他被免职这事背后的智慧和正义。在暴风雨的天气里，我们必须相信掌舵人，而如果他是罗伯茨勋爵那样的人，那这就不是一个很难做出的决定。但是，由于加塔克将军在英国遭到了一些人的残酷迫害，而这些人完全不知道战争的困难，也不清楚这个国家的情况，因此，写几句不同调子的话，也许算不上不合时宜。

加塔克在军队里出类拔萃，他本可以靠关系顺风顺水，但他一路苦干，服役期间表现优异。无论他在哪里服役，都能取得十分出色的成绩。在印度边境，他赢得了像宾登·布拉德爵士这样优秀士兵的信任，他后来的进步在很大程度上都要归功于他在奇特拉尔远征中赢得的声誉。1897年，在孟买，他奉命抗击瘟疫，率先控制住了瘟疫伸向这座城市的致命手指。任何一个了解这场瘟疫的人，都不需要别人告诉他们他的工作有多么出色。苏丹战役结束后，我和一位拜火教绅士从孟买旅行到浦那，他是瘟疫肆虐的小镇上的一位富商，我清楚地记得他一直对加塔克的功绩赞不绝口。

"他是我们唯一的机会。"那个黑人说，"现在他走了，这病永远也不能根除了。"

加塔克在苏丹战役中的作用在其他地方已经被详细描述过了。他的勇气从未受到质疑，野蛮的批评家不愿用明显站不住脚的荒谬言论来破坏他们的理据。如果我要在这里讨论他在布尔战争中的战术，我应该很快就会说到我禁止自己说的话。在最不利的情况下，士兵仍然对加塔克保有信心和喜爱，这就足以说明问题了。在斯托姆伯格灾难性的一天过后，疲惫不堪的士兵们挣扎着回到营地,他们很清楚一点:"除了他,没人能把我们救出来。"在他被解职的两天前,卡梅伦高地步兵经过伯大尼,他们认出了这位阿特巴拉冲锋队的冲动指挥官;在得知他在艰难岁月中的失意时,他们便以普通人的侠义精神为他欢呼。可怜的将军被这种自发的问候深深感动了,而这种情况在我们冷漠有序的英军中是很少见的。让我们希望这声音会在他的耳畔久久回响,就像在寒冷沉闷的晚年点亮一盏记忆的明灯。

加塔克退场了。"现在,"拜火教商人说,"他走了。"我想,到处都有胜利的音符。但我还是要提出一个警告。如果陆军部打击将军的理由不是因为他们无能,而是因为他们打不了胜仗,那么他们就找不到人去领导旅团和师团,去为他们打仗了。每个知道战争危险的人都不会有安全感。缺乏同情心的纪律已经扼杀了年轻军官的主动性,而在他们的上级那里,这种主动性将会枯萎并消亡。将军还是会有的,但他们不会心甘情愿地拿多年来军旅生涯的成绩冒险,毕竟那都是他们在各个国家冒着各种危险换来的。他们将察看敌人的阵地。他们将努力分散责任。他们会请求命令或指示。但如果有可能的话,他们不会战斗,而且只能依据有限责任原则,也就是说,浪费太多生命,却毫无结果。此外,正如一个玩世不恭的中尉对我说的那样:"如果你以加塔克为起点,那该以谁为结束?以可怜的老……?"

但我不敢进一步探讨这个问题。

第三章　折中

布隆方丹，4月16日

过了一段相当长的时间后，一场新的战斗打响了。场景和大部分角色都不一样，但还是同一出戏。一座由砖和锡组成的城镇矗立在一片广袤的枯草平原的边缘，小镇有一端十分荒凉，从那里开始绕过灌木丛生的群山向北延伸，似乎是为了保护它自己。小镇里有密密麻麻供人居住的平房，政府和商号所在的建筑更为显眼，让人觉得这里是个富裕文明的地方。随处可见塔楼和尖塔，而且，尤其值得注意的是一栋巍峨的古典建筑，周围矗立着高大的白色立柱，带有高耸的穹顶，像极了国会大厦，但红十字会的旗帜在顶端飘扬，由此可见，无论以前这里是干什么用的，现在宽敞的大厅终于被用来造福人类。深色的群山巍峨矗立，轮廓模糊，可以看到群山映衬下有一幢堡垒对称的轮廓——这一切便是1900年4月布隆方丹这幅画的背景。

现在是下午5点。市集广场上挤满了军官和士兵，他们在听第3路军兵团的乐队演奏。每个参战团和帝国每个殖民地都派了代表出席；所有人都穿着卡其布制服，但佩戴着各种各样的徽章。

每个小团体都是帝国联邦的缩影。城市志愿军与一名昆士兰骑兵交谈，后者将自己的火柴盒交给队伍中的一名二等兵。一个来自新西兰的布须曼人，一个来自剑桥的大学生，还有一个来自锡兰的茶园主，他们走过来，开始谈天说地。各种各样的人混合在一起，因为共同的目标而团结起来，在战火中生死与共。而这一点在以后将非常重要。

有头有脸的人物蓄着胡子，非常平和；普通老百姓从来不想吵架，站在一旁心满意足地看着。毕竟，还有比被打败更糟糕的事。需求旺盛，军队富裕，价格高昂。贸易与每座建筑物上飘扬的旗帜形影不离；而且，无论是商品还是农产品，市场都很活跃。

军官们聚集在俱乐部那栋气派的建筑周围，在这里，我发现我的熟人都聚在一起，他们来自帝国的各个哨岗，因为正规军通常像万花筒一样，新的组合不断形成，把老朋友分散到四面八方。但所有人在这里再次相聚，有一个我们在前线认识的人；那个人是我们在"河上游"认识的；那人是我们在与英国皇家陆军官校的同志一起演习时认识的，在哈罗求学时代是亦敌亦友的关系；那个是在密鲁特巡回赛上的对手，这些人都站在一起。欢快的军乐，笑眯眯的脸，鲜艳精致的小帽，移动的人群；所有人都知道，此情此景表示英国陆军在自由邦首府的胜利，而这将驱走人们心中所有的阴影。

人群中看不到任何缝隙，到处都洋溢着活力，死亡曾染指过

第三章 折中

的地方都扫去了阴霾。一片阳光普照的海洋包围着这艘沉没的船,生命的汹涌巨浪席卷了他们。然而,他们并没有被完全遗忘。

"喂,我亲爱的老伙计,见到你真高兴。你什么时候来的?你带来……了吗?真遗憾。莱迪史密斯肯定是糟透了。可怜呐!你还记得他……查理回家了。他再也不能打马球了,开花弹把他的手臂打得粉碎。真倒霉。现在我们必须找个新后卫了……某某死在了帕尔伯格,球队算是彻底散了。"乐队奏起一支轻快的曲子,"还要多久?"

"如果幸运的话,应该在 10 月份结束,从开始到结束只有一年。"

"我记得你说过比勒陀利亚的战事会持续到 3 月的第三周。"

"啊,我说的肯定是 5 月或 6 月。"

"或者是 8 月。"

"谁知道呢?但我认为这算是折中的时间吧。"

谈话突然中断了。每个人都环顾四周。有一个人在广场中央溜达,此人是个头发灰白的小个子,肩膀极宽,背也十分挺直。他戴着一顶红色的宽边工作帽,厚帽舌上有金色花边,穿着棕色马靴,他的腰带系得很紧,他没佩戴任何奖章、勋带或徽章。但没有人怀疑他的身份,我知道我见到的这个人是女王最伟大的国民,这位指挥官曾在短短一个月里彻底改变了战争的态势,把灾难变成胜利,将绝望变成了成功的喜悦。

其他士兵与形形色色的人群混在一起。麦克唐纳在俱乐部游廊边，坐在一匹海湾小马驹上，与步骑兵交谈。波尔-卡鲁来到开普殖民地的时候，只是雷德弗斯·布勒爵士的营地司令官，现在他平步青云，先是晋升到了准将，又大踏步成为第11师司令，此时，他快步穿过广场。弗伦奇将军和他的参谋刚刚骑马赶来。但是，中心人物吸引了所有人的目光，每个人都知道，公众的命运取决于他，而且只取决于他。

这就是我到达布隆方丹那天下午的情景。情况如何？占领该城后要做的第一件事是重新开放铁路。一支庞大的军队出现在入侵者的后方，加上加塔克和克莱门茨的迅速推进，迫使侵略军队撤出了开普殖民地，因此诺瓦尔摆渡和贝图利桥又一次回到了英国人的手中。然而，这些地方都已被全部或部分摧毁。除此之外，许多其他的小型桥梁和涵洞也被炸毁。工程师们立即修复了所有这些设施；自由邦的前锋野战部队与东伦敦、伊丽莎白港和开普敦的海上基地之间，都通过铁路联系。

与此同时，布隆方丹的军队靠之前通过摩德河运来的补给储备度日。铁路开通后，摩德河的运输线就关闭了。哪怕只有一条线路，宽轨铁路通常也可以相当轻松地为一支至少有5万人的军队运送补给；而且，读者可能还记得，除了平时运送旅客，纳塔尔政府铁路能够在1月和2月为3万人的军队运送补给，运输增援部队和伤员。但是，在布隆方丹铁路线上，修复了的或临时架起的桥梁造成了很大的延误，以致铁路的承载力大幅下降。当一座永久性桥梁被炸毁时，工程师们有两种选择：一种是高标替代

第三章 折中

品，另一种是低标替代品。在莱迪史密斯之危解除之后，工程师在图盖拉河上建了一座标准很高的桥，花的时间比较长；但建成后，火车可以直接从桥上驶过，速度几乎没有下降。此外，那座新桥还能抵御洪水。

要上低标桥梁，必须通过之字形坡道，还要经常设置分路，这会造成较大的延误。当然，只要没有洪水，这些桥便能撑得住。但这种桥在军事行动中具有不可估量的好处，那就是建造速度很快。军队必须立即得到给养，所以选择了低标桥梁；这样一来，军用物资能提前到，但数量会减少。由于要运送增援部队，补给的数量就进一步减少了，粮食补给站几乎无以为继，他们只要每天能为军队提供食物，并每隔三四天囤积补给品，就很满足了。因此，向北进攻的行动在几个星期内是肯定无法进行的。

现在来看看胃是如何统治世界的。由于接连失去领土，又在金伯利、帕尔德堡、波普勒格罗夫和德里方丹遭到了沉重打击，再加上纳塔尔的坏消息，自由邦的布尔人士气低落。如果我们能不断地追击，那就能收复直到瓦尔河的地域。在罗伯茨勋爵声明的鼓舞下，大量的自由邦居民相信南方共和国的一切抵抗都已结束，便返回家园，宣誓中立，准备接受不可避免的结果。

英军被迫等待，同时他们要想办法弄到补给品和成千上万匹马，给步兵发放新靴子，还要给所有武器一点儿喘息的空间。布尔人也趁机从恐慌中恢复了过来，再次集结，还大胆地发动了攻势。

布尔人获得了很大的优势，虽然他们并没有把优势维持很久。在一定程度上，大家都认为自由邦的战争已经结束，许多市民回到了自己的农场，而英国司令官也抱着这样的想法，他的殖民地顾问更是把这种想法大声讲了出来。为了保护拥护和平的农民，帝国军队只得拉大防线。从十四溪村，经由博斯霍夫、布隆方丹和塔班丘，他们在自由邦的防线连在了一起。人们认为这条防线以南的区域已经收复，实现了和平。

与此同时，奥利维耶和南突击队被从开普殖民地的战斗中召回，正匆忙行军，去与布尔人的主力部队会合。他们以为吞掉克龙涅的那支可怕军队会发动进攻；但当他们到达莱迪布兰德时，发现只有皮尔彻带着几百名士兵在追赶他们，这才意识到，在布隆方丹英军的主力部队目前实际上一动不动。于是，他们掉转方向。

皮尔彻在他们面前小心翼翼地逃走了，撤退到塔班丘附近的布罗德伍德旅。敌军重新鼓起勇气，又得到了占领线以北友军的强大增援，便继续前进。布罗德伍德被迫退回到水厂西边的第9师所在地。他在夜间行军20英里，凌晨休息，就像大多数人所想的那样，他认为他们暂时甩掉了布尔人的追击。天亮了，布尔人的炮击随之而来。

我不打算详细描述随后的战斗。由于许多原因，那次的战斗值得另开一篇详细讲述，这主要是因为从中可以看出布尔人的最佳状态：在战争中诡计多端，最重要的是，他们极其冷静。总而言之，事情是这样的：炮弹纷纷击中了营地。每个人都说："快把被炸飞的货车送到炮击范围之外。我们掩护他们撤退。"在这个方面，他们做

第三章　折中

得非常漂亮，布罗德伍德展示了所有的技巧，这些技巧使他能够从托钵僧的魔爪下成功完成了 4 月 5 日阿特巴拉附近的侦察任务。货车虽然离开了火炮的攻击范围，却掉进了埋伏圈。火炮、战俘和许多材料都落入了布尔人的手中。第 9 师突然在布隆方丹撤退，暴风雨的破坏力便由加塔克来承担。军队不仅认为他们撤退得太突然，还有其他很多想法，而将其转录出来则不是我的任务。

加塔克在德韦茨多普有几支军队：三个连的爱尔兰皇家步枪队，两个连的步骑兵。他一听说第 9 师撤退，就通过多种途径命令他的部队也撤退。部队奉命行事，但在雷德斯堡，他们被包围了。我们不要苛刻或出于无知去评判他人。战斗随即打响。在战斗中，8 人死亡，31 人受伤，就这样，撤退的军队投降了，而援军就在不到 5 英里之外。此时，历史重演，布隆方丹和铁路线再次变成了至关重要的地方，必须坚守。增援部队推进到前线，以应付紧急情况：伦德勒和第 8 师团被从金伯利调往斯普林方丹；亨特和第 10 师（我们的老朋友爱尔兰旅和明火枪旅）一起从纳塔尔出发，布勒负责严防死守，而布尔人则在向南挺进。

听了罗伯茨勋爵的宣言，许多自由邦的农民和布尔军队的战士（这些人都认为战争结束了，换句话说，他们都是逃兵），都来向英军投降并宣誓效忠，然后返回了自己的农场。布尔人对这些人很生气。我们能给他们什么保护？据说有些人被敌人射杀了，但这个传言可能不实。大多数人出于恐惧或是本身的意愿，重新加入了突击队。

自由邦的右下角全部被敌军侵占。布尔人的部队仍在向南加速前进。布拉班特是下一个遭受暴风雨侵袭的人。他在韦佩纳的驻防部队遇袭并被包围，他们誓死抵抗，也许现在正在拼命作战。其他的布尔人来到了开普殖民地的叛乱地区。最近才开始忏悔的叛乱分子又坐不住了。

　　顺便说一句，这种煽动造反的行为并不是不适当的慷慨大度带来的结果，而是一场军事灾难。没有人指望战败的人会感激；但是，在某些情况下，他们会忠诚。打得你死我活的敌人并不在此列。突击队员仍然带着空货车向南方推进，因为这是共和国领土上最肥沃的土地；与此同时，我们在做什么？各师各旅正被一支强大而从容的手调动着。这些勇敢者的心里燃起了希望（普遍而又特殊的概念），他们已经把头伸进了狮口，直到现在还享受着这种豁免权。威佩博英勇防守；布拉班特穿过鲁维尔阻止敌人前进；伦德勒、切尔姆塞德和布拉巴宗从埃登堡向东进攻，用2个步兵师、24门炮和2000名义勇骑兵队队员截断了敌人的退路；再往北，包括4个步兵师、汉密尔顿的1万骑兵、弗伦奇的4个骑兵旅和多门大炮在内的布隆方丹大军几乎已经准备就绪。毫无疑问，布尔人已经四面楚歌。他们会逃跑吗？他们会以攻破部分拦截线作为战利品吗？"顺其自然吧。"我明天要经由埃登堡前往雷德斯堡，从那里再去战事胶着的地方，在后来被称为"自由邦右下角战斗"的极为精彩的战事中，我的目的地发生的战斗肯定算是高潮了。

第四章　和布拉巴宗相处的两天（一）

德韦茨多普前方，4 月 21 日

布尔人入侵了最近刚刚平定的地区，消息一传开，第 8 师（伦德勒）便被从金伯利调集到了斯普林方丹，并奉命集中全力驻守当地。第 3 师在伯大尼集结（切尔姆塞德接替了加塔克）。还需要更多的军队来保卫这条防线，清除这个国家的叛军。

有人问雷德弗斯·布勒爵士是否可以强行通过范·雷南山口，并向敌军的撤退路线施压来配合行动。然而，他在纳塔尔三角中心的位置却不利于他展开行动。之前就提到过布尔人在这场战争中所拥有的战略优势。不过，或许有必要在此再解释一遍。

敌人的前线呈合围之势，在地势上占尽了优势。如果雷德弗斯·布勒爵士从范·雷南山口向西移动，牵制敌人，帮助自由邦，那么布尔人就会从比格斯堡进入南纳塔尔。如果他向北进攻比格斯堡阵地，以扫清纳塔尔的敌人，他就将切断布尔人的左翼和撤退线路。

根据最可靠的资料，德拉根斯堡隘口有 3000 布尔人，比格斯堡有10000布尔人。因此，布勒更愿意用莱迪史密斯的师团（利特尔顿的第4师）来掩护范·雷南山口，这个师经过休整后已经兵强马壮，然后他率领第2师、第5师和第10师一起向北移动。除非纳塔尔省北部的敌军被扫清，他可以安全地向西移动，他才会考虑这么做。另一方面，自由邦战事紧急，急需援军，因此他安排第10师（亨特）由海路到东伦敦，一个旅去代替从金伯利转移过来的师团，一个旅前往贝图利，纳塔尔野战军的其余部分仍应严防死守，直到战况发生明显改变。

因此，实际上，自由邦右下角有5个旅的部队可以参加战斗：哈特在贝图利率领亨特师的1个旅，切尔姆塞德和伦德勒在斯普林方丹和伯大尼率领的第3师和第8师。除了这些强大的军队，他们与通信部队或布隆方丹军队没有任何联系。此外，布拉巴宗将军手下还有1400义勇骑兵队和步骑兵，以及布拉班特指挥的大约2500人的殖民地旅。

几乎没有必要详细描述所有行动。伦德勒在埃登堡组建了一个纵队，向雷德斯堡进军，与从伯大尼出发的切尔姆塞德师团的部分部队会合，因此，他直接指挥8个营、4个炮兵连和布拉巴宗的骑兵旅。另一个旅在埃登堡集合，指挥官是坎贝尔。哈特向东北方向的鲁维尔进军，那里还有布拉班特的1000匹马。布拉班特的其余部队大约有1500人，被敌人围困在韦佩纳。这就是我17日早晨离开布隆方丹时的战况。

我成功地辗转各地：乘火车来到埃登堡，从那里出发，在连绵不断的大雨中跋涉,这个季节很少下大雨,而雨天大大增加了运送补给品的困难。然后,我在雷德斯堡过夜,到了19日晚上,在离德韦茨多普大约11英里处,我赶上了正在扎营的行军纵队。

当时各路部队的位置是这样的:伦德勒的8个营、4个炮兵连和1500匹马在乌尔洛斯普尔特,离德韦茨多普大约12英里;坎贝尔带着2个营和1个炮兵连先是驻防罗森达尔附近,随后行军与伦德勒部会合;掷弹兵卫队在雷德斯堡以双倍速度前进,追赶主力部队;哈特在鲁维尔有4个营;布拉班特有1000名骑兵,部队位于鲁维尔以北8英里处;多格蒂率领1500人的卫戍部队,守住韦佩纳。

迄今为止,我们知道敌人在布隆方丹—塔班丘一线以南约有7000兵力和12门火炮,由奥利维耶和德韦指挥,虽然人数不多,物资也缺乏,但他们的开拓精神和行动力大大弥补了这一不足。他们试图阻截和攻击韦佩纳,还试图封锁道路,阻止伦德勒的纵队前往德韦茨多普,并在史密斯菲尔德压制住布拉班特和哈特。除了实施这一雄心勃勃的计划,布尔人还派遣巡逻队在乡村巡逻,利用死亡威胁奉行和平的农民入伍。

* * * * *

从雷德斯堡出发,我们一路上走得很顺利,傍晚时分,我们绕过一座长满青草的小山的山肩,只见英军主力纵队的营地就在我们面前。营地位于一片广阔的平原上,紧邻一座小山的山脚,这片平原与纳塔尔的巍峨群山形成了鲜明的对比，似乎给这些正规军提供了充足的机会。"营地"这个说法也许不太准确，因为这里几乎没有帐篷，起伏的地面上到处是成群的马和牛在吃草，随处可见白色的浓烟，他们用草生起了几百堆火，准备做晚饭。我去见了莱斯利·伦德勒爵士，他彬彬有礼地接待了我，并简要地介绍了概况。我们来得正是时候。整个部队将在拂晓行军。侦察员们白天互相射击。卡菲尔特工人员报告说敌人将在明天作战。还有比这更好的吗？于是我们心满意足地上床睡觉了。

黎明的第一缕晨光开始在天空中出现，空气中弥漫着刺骨的寒意，不止我一个人从家乡的朋友体贴地送来的装备里寻找可以保暖的衣服。南非的冬天即将来临。但太阳很快升起，我们不再颤抖。骑兵们很早就出发了。的确，骑兵中队在晨光映衬下的剪影是我醒来时的第一个印象，清晨5点半，所有人全都行动起来了。我晚了一点儿，但我很快就赶上了他们。虽然兵力不多，但有几件事十分有趣。

这是我第一次在田野里看到皇家义勇骑兵队。700名义勇骑兵队队员呈疏散队形，快速穿过美丽的绿色牧场，似乎已经习惯了在牧场活动。他们个个儿优秀正直，而且是自愿参战，他们明白战争的主要原因，并出于个人的信念，真心希望为国家出一份力；此外，他们骑在聪明结实的短腿马上，技术一流，如同运动员一般，而事实上，他们确实和运动员差不多。

我们呈散开队形前进，这样可以确保我们不会受到突袭。忽

第四章 和布拉巴宗相处的两天（一）

然，我注意到前方远处的侦察兵遭到了拦截。

"砰，砰。"右侧的一片高原响起两声枪响。我得解释一下，如果是两声枪声，那这枪就是冲你来的；如果是一声，那开枪者的目标就不是你。

我们碰到了敌人的一个前哨。驱马靠近，我看见他们总共暴露了七个人。由此可见，他们只是一个前哨，却试图让我们相信他们不止这几个人。如果布尔人人数众多，他们通常是不会让你发现的。尽管如此，这个阵地还是很不好对付，而且，对于布尔人，有一种可能性不得不考虑，那就是他们有可能预见到你的想法，从而扩大他们的优势。因此，布拉巴宗将军让他的中路中队停下，并派遣了三个连的义勇骑兵队向右行进。

我们一边等着，一边看着侦察兵和布尔人的警戒哨交火，义勇骑兵队像一群猎狗一样全力追击，分散开冲向敌人的侧翼，每个人都是独立的，却又协调一致，场面太精彩了。一刻钟后，他们就上了高原陡峭的山坡，几乎处在那个挡住我们去路的警戒哨的正后方，而警戒哨匆忙撤退了。然后，中路的部队向前推进，整个骑兵部队再次前进，大部分骑兵奔袭到高原，在那里，他们与荷兰前哨部队展开了一场远距离的追击战。

有好几次我们以为自己发现了他们的主阵地，以为今天骑兵的任务结束了；但是，每一次布拉巴宗向右迂回，都迫使他们后退，而迂回前进的任务交给了精力充沛的埃及军官西特韦尔上校。这样过了一个小时，我们几乎占领了整个高原，并且发现这片高原的面积很大。

　　过了这片高原是一座陡峭的岩石小山，那座小丘虽然不在高原的范围之内，却是制高点，在山上可以用火力控制高原，可谓至关重要。步兵一方面要快速推进，一方面还必须压制敌人，因此远远落在了后面。但是，将军认为必须占领这个点。麦克尼尔带领侦察兵冲了过去。义勇骑兵队再次向右飞奔，表面上看是要绕过小山；而布尔人离开了这个坚固而重要的位置，跑到后面一英里处的一座平缓的青山上。布拉巴宗立即派大批军队占领捕获的小丘，此举时机正好，义勇骑兵队向右迂回的两个连（此后我将称之为中队）和步骑兵的一个连靠近那座青山，步枪的枪声从稀稀拉拉变得十分密集，还响起了一架野战炮的隆隆炮声。我们找到了布尔人的主要阵地，骑兵停了下来。现在，敌人对被我方占领的小山发动了非常猛烈的攻击，如此看来，如果他们没有像前面所述的那样被逼出来的话，他们本来是打算坚守到底的。他们还猛烈炮轰了义勇骑兵队，并且仍在往侧翼迂回——他们退下来的时候出现了一些人员伤亡。

　　我们现在不得不等待步兵，他们走得很慢。布尔人的炮火开始起作用了。几个受伤的士兵从山顶上被抬下来，一个可怜士兵的两边脸颊受了贯穿伤。其他人不得不躺在他们被击中的地方，因为敌人的炮火打击十分精准，根本不可能移动他们。

　　然而，在另一面的斜坡上，人和马都找到了很好的掩护。有些人是第一次参战，虽然他们表现良好，将军还是认为他有必要

第四章　和布拉巴宗相处的两天（一）

亲上火线，和士兵们聊一聊。

步兵还落在后面，但在大约两点钟的时候，莱斯利·伦德勒爵士到了。争夺小山的枪炮声震天，谣言（是谁传播的谣言？）从正在行军的纵队传了回去，说是骑兵被压得抬不起头，弹药也快用完了，而布尔人则从两翼包抄了过来。我在师部参谋的脸上发现了焦虑的神情。

伦德勒认为，守住小山至关重要，他的副手赫伯特·切尔姆塞德爵士完全同意他的看法。但是，只有先头卫队的步兵在附近，于是决定让他们继续前进。就在这时，布拉巴宗传来了令人安心的消息，他可以依靠他手下的部队固守小山，并希望步兵们不要着急。

从那以后，大家都很高兴。最后，领头的伍斯特团行进到小山，大家都钦佩他们穿过小山后面危险地带时使用的好方法。我自己也看到三枚机关炮炮弹在一名年轻军官的周围爆炸，他兴高采烈地挥舞着步枪，大声喊道："往左边打点儿！"对于这个命令的意思，我和读者一样拿不准，但它无疑是鼓舞人心的。步兵替换下了步骑兵，后者撤退到了更安全的阵地，到了晚上，在双方的默契和英国炮兵的有效干预下，战斗结束了。

至于第二天发生的事，虽然从战斗规模这方面来看并不重要，但从军事角度而言却很有启发性；而且，就我而言，这场战斗即使意义不大，也足以使他们兴奋到可以为自己求得嘉奖了。

第五章　和布拉巴宗相处的两天（二）

德韦茨多普前方的营地，4月22日

我不知道我是否会再看到多佛的白色悬崖，我也不打算去预测。但在这片土地上，我注定要经历一连串的冒险和逃亡，任何一种都足以满足我对这场战役的亲身体验。我由着自己去渴望这些冒险。事实上，除了朝不保夕的战地记者必须面对的危险，我一直在积极地避免其他危险。我认为这是一种必要的罪恶，因为这个领域的许多写作者都面临着巨大的危险。"战争百分之百是危险的，但有一半是荣誉。"这是我们的座右铭，也是我们期望高薪的原因。但光天化日之下危险突然降临，而我迄今为止仍然毫发无伤，我的心里充满了对上帝仁慈的感激，同时我也很奇怪为什么我总是被推到悬崖边，然后又被拉了回来。

我写的是军队的作战事迹，而发生在我身上的事将出现在适当的地方，让读者自行判断。

20日的夜晚安静地过去了，但是布尔人在日出时醒了过来，他们用机关炮的炮弹向我们敬礼，而就我所知，炮弹没有伤到任

第五章 和布拉巴宗相处的两天（二）

何人。我们不能像前一天那样继续发动进攻，因为步兵已经疲惫不堪，而敌人的阵地占尽地势之利，所以，要进攻，必须谨慎行事。夜里荷兰人可没闲着，可以看到山坡上的壕沟连成了一道道黑线。当我询问那天是否会进行战斗时，参谋们指着草原上正在慢慢靠近的一股尘土。

坎贝尔将军带着三个营（包括两支女王卫队）和一个炮兵连，正行军来与主队会合。考虑到战壕和即将到来的增援部队，有必要等部队集结。战事将在第二天有定论，与此同时，布拉巴宗和步骑兵——我将称之为骑兵——将侦察左翼的布尔人。

包括步骑兵在内，这个旅大约有1000人，他们在前哨线的后面向南移动，迅速地绕了很大一圈，很快就来到了敌人的左翼。我们等待着，侦察队去执行任务，而布拉巴宗则在进行范围更大的迂回行动，清除右边的敌人。很快，布尔警戒哨就开始向巡逻队开火，枪声在清冷的早晨响成一片。过了一会儿，远处出现了十几个布尔人，他们向一个农场飞奔而去，在那里，他们可以向逐渐前进的骑兵开火。将军问负责两门火炮的中尉这十几个布尔人是否在射程之内。这位年轻的军官急于一试。我们聚精会神地看着他进行实验。

操作结果非常好。第一颗炮弹在布尔骑兵中间爆炸了，他们立刻成松散队形散开。下一颗在他们面前爆炸了，所有的七发炮弹都在他们近处爆炸。

在这场战争中，我第一次看到布尔人表现出我所认为的懦弱——他们没有死伤，整个队伍却转身后撤，放弃了他们原本的意图或职责，急忙跑到他们来时的那片长长的小山丘后面找掩护。但纳塔尔的布尔人军队并没有因此轻易地放弃他们的目标。

同时，侧向迂回行动仍在进行中，随着西特韦尔上校逐渐控制了我们右边的地域，布拉巴宗命令中路部队向前推进，麦克尼尔的侦察兵翻过布尔人刚刚被炮击的山坡，追击远处比较安全阵地里的敌人。最后我们到达了那片小山丘的边缘。小山丘陡然下降，延伸到一片平坦的盆地，盆地的中间有一座非常奇特的小山。小山后面便是德韦茨多普，但我们看不到那里。布尔人就在小山后面，有的骑马，有的步行，大约有200人。

我们快速推进，几乎到了他们阵地的中心，并且已经惊动了他们。他们弄不清这是侦察还是真正的攻击。他们决定从侧翼包抄在执行迂回任务的骑兵，以此来确定事实如何。我们远程步枪火力刚一迫使他们躲在小山后面，一支200人的骑兵就进入了开阔地，在我们前方2000码处飞奔而过，冲向我们右边的一座白石小丘。

安格斯·麦克尼尔跑向将军。"先生，要不要截住他们？我想我们可以做到。"侦察队竖起耳朵。将军沉思片刻。"好吧。"他说，"你们去试试吧。"

"侦察兵，上马，上马，上马！"急躁的军官一边忙着跨上马鞍，一边喊道。然后，他对我说："跟我们来，我们现在就给你来一场一流的表演。"

几天前，我无意中承诺要和侦察兵在一起待一天。我看了看布尔人，他们比我们更接近白石小丘，但是他们还要爬山，而且骑马并不便于他们行动。我们也许能成功，如果成功了（我想到了阿克顿霍梅斯的战事），那他们在那片开阔原野上将付出沉重的代价。所以，为了《晨报》的利益，我骑上我的马，我、麦克尼尔和四五十名侦察员一起出发——我们大力鞭策，以最快的速度驱马飞奔。

这场战斗从一开始就是一场比赛，双方都认同这一点。随着我们越来越近，我看到了5个领头的布尔人，他们骑得比同伴好，速度也比其他人快，决心要占据有利的位置。我说："我们做不到了。"但没有人会承认失败，也不会让事情悬而未决。剩下的事就非常简单了。

我们来到距离小山山顶100码处的一道铁丝栅栏前，准确地说，应该是120码，我们下马，切断铁丝，正要抓住珍贵的石头时，十几个布尔人突然冒了出来，他们后面还有多少人？我曾见过他们在弗里尔切断铁路线，他们就是这样冷酷，毛发浓密，凶神恶煞。

接下来是一阵几乎无法解释的停顿，气氛诡异，也可能根本没有停顿；但我似乎记得很多事情。首先是布尔人，一个留着长而下垂的黑胡子，穿着巧克力色的外套，另一个脖子上围着一条红围巾。两个侦察兵愚蠢地砍断了铁丝网。一个人骑着马瞄准敌人，麦克尼尔的声音很坚定："来不及了，返回另一座小丘。快！"

接着，火枪一响，子弹"嗖嗖"地飞到空中。我把脚踩在马镫上。那匹马被枪声吓坏了，狂奔起来。我试图跳上马鞍，但马鞍滑到了马肚子下面。它挣脱开，疯狂地飞奔而去。大多数侦察兵都已经在200码开外了。只剩下我一个人了，而且无马可骑，并且处在敌人最近的射程之内，我离最近的掩护物也有一英里远。

我还有一把手枪，因此稍感安慰。我不能再像以前那样，手无寸铁地，在野外落入敌人手里。但受伤是我最好的结果。我转过身来，在这场战争中，我第二次从布尔射手身边步行逃命，我心想："现在我终于适应了。"当我奔跑时，我突然看到了一个侦察员。他从左边过来，从我前面跑过，这个人个子很高，戴着骷髅徽章，骑着一匹灰白色的马。死神远去，我的生机来了。

他经过时，我对他喊道："带我一块走。"令我惊讶的是，他立刻停了下来。"好。"他简短地说。我跑到他跟前，很利落地上了马，片刻后，我坐在他身后。

然后我们跑了起来。我把胳膊伸到他身前，抓住了鬃毛。我的手上顿时沾满了血。马受了重伤；但是，这匹马很勇敢，并且竭尽了全力。追击的子弹从头顶呼啸而过，射程越来越长。

"别害怕。"我的救世主说，"他们是打不中你的。"我没有回答，他又说："我可怜的马，噢，我可怜的马！它被炸裂弹击中了。那些混蛋，但他们会遭到报应的！噢，我可怜的马！"

我说："没关系，你救了我的命。""啊。"他又回答道，"但我想的是那匹马。"这就是我们谈话的全部内容。

从我听到的子弹呼啸声来看，我认为跑500码后就不会被击中了，因为一匹疾驰的马是很难瞄准的。布尔人气喘吁吁，非常激动。我绕过前面的一座小山，这里很安全，我不由得感到如释重负。

其余的士兵紧张地注视着比赛的结果，从他们的位置上，可以看到我们还没到铁丝栅栏前就被打败了。他们听到了猛烈的步枪射击声，看到了发生的一切。所有的军官都认为，在这种情况下帮助别人的人是值得尊敬的。事实上，我听说骑兵罗伯茨可能会获得维多利亚十字勋章。至于这一点，我就不发表意见了，因为我觉得我有些缺乏自信，无法公平地描写一个把我从极大的危险中拯救出来的人。

我很满意我和侦察兵在一起的短暂经历，然后，我回到了布拉巴宗将军身边。在我们深入布尔人侧翼的这段时间，他们并没有闲着。现在，从他们集结的孤山侧面，突然有三门大炮向我们开火。炮弹像雨点一样落下来，一直持续了十分钟。当这些大炮射出黑火药的时候，炮口喷出的浓烟警告我们又有一颗炮弹朝我们飞来，而且，我认为这也使我们的神经更加紧张。你可以看到远处的大炮。大炮接连开火，你有四五秒钟可以琢磨炮弹会不会打到你的脸上；然后，逼近的嘶嘶声变成撕心裂肺的尖叫；安全不复存在，砰！炸弹落在了后方100码处的马匹中间。接下来，两门炮同时开火。布尔人总共在这一小块地上发射了近30枚炮弹，其中几枚是榴霰弹。但那天命运是很仁慈的，因为我们只有一个人阵亡，包括将军的勤务兵在内，有五六个人受伤。

然而，这显然是无法忍受的。布拉巴宗并不愿意把他自己的两门炮带到前沿阵地上，因为它们并不是马炮；如果布尔人发动猛烈的反攻，恐怕这两门炮就保不住了。的确，如果损失了大炮，那可是全国性的灾难，而不仅仅是一场普通的战争事件，骑兵军官们为这些炮都操碎了心，却从不觉得大炮是强大的武器。

没有炮，留下来也是没用，而且，莱斯利·伦德勒爵士命令骑兵不要恋战，布拉巴宗决定撤回侦察部队，并在打了一场富有启发性的小型后卫战斗后，非常成功地撤回了侦察员。侦察员们深入敌军阵地，迫使敌人转移大炮，并扰乱了敌人的正面部署；他们侦察地势，确定营地位置，然后安全地离开了，只损失了十几个人。如果今天有步兵在骑兵后面支援的话，我们就可以把敌人从阵地上赶走，然后带着胜利去德韦茨多普，美美地睡上一觉。

莱斯利·伦德勒爵士对骑兵的活力和取得的成功印象深刻，爵士从高原上观察他们的表现。傍晚时分，消息传遍了军营，说第二天将进行全面交战。他还决定指派布拉巴宗将军负责指挥迂回攻击，除了骑兵部队，布拉巴宗将军还将指挥12门大炮和一个步兵旅。

部队对战斗满怀信心，他们上床睡觉，迫不及待地等待天亮。但在夜深人静的时候，罗伯茨勋爵发来了一份电报，指示伦德勒在与波尔—卡鲁和其他增援部队取得联系之前不要进攻。由此可见，战斗将提升到更大的规模。

第六章　德韦茨多普的插曲

布隆方丹，5月1日

有时，我会写一些小规模战斗，如果要对战役的其余部分进行详细叙述的话，我通常还会写到十分具体的个人经历，有可能具体到远远超出作者的职责或读者的耐心。在其他时候，许多重要事件必须挤在几页纸里。但是，尽管故事的比例可能各不相同，只要我严格按照最初的目的，传达生动的战争印象，我就不应该受到批评；读者也不应该抱怨，毕竟他们为了了解局势或寻找乐趣，或是坐在那里，把奥兰治自由邦的地图铺在面前，并移动小旗子表示战斗的过程，或是受邀去分享侦察员在巡逻或与骑兵短兵相接的危险。今天有很多内容要讲，我们必须在炮声之外，看远处的全景。

不管怎样，行动的目的是为了解放韦佩纳，清除奥兰治自由邦右下角的布尔人，而且，如果开拓精神高昂，命运垂青，我军还要切断并夺取他们的一部分力量。五个纵队全部调动起来。沿铁路线东部将会有佯攻，越是靠近南边，佯攻的激烈程度就越强，但只是数量最少的纵队在发动佯攻。伊恩·汉密尔顿有2000名步骑兵，他奉命向水厂阵地发动佯攻。在波尔-卡鲁的支援下，弗伦奇奉命前往利乌科普。连同从南边赶来的哈特、布拉班特，伦德勒赶到德韦茨多普去解放韦佩纳。他的纵队在4月20日和21日的经历已经在前文提到。对布尔人在德韦茨多普前方阵地的进攻并不是在20日进行的，因为赫伯特·切尔姆塞德爵士指出，步兵已经因行军而疲惫不堪。第二天早晨，平缓的山丘上布满了壕沟，大家认为最好还是等坎贝尔旅在日落时分到达后再采取行动。

战斗是在22日打响的。与此同时，莱斯利·伦德勒爵士给罗伯茨勋爵打了电报，告知他敌人的阵地呈马蹄形，并介绍了敌人的人数，他还解释说，他带着骑兵小部队，发动的任何攻击都将发展成正面进攻，并且代价高昂。以前曾在师部和旅部指挥官之间分发过一份有影响力的备忘录，其中谴责甚至几乎禁止正面攻击，而将军也自然希望，胜利的代价不会太大。当这封电报到达布隆方丹时，显然被误解了。"伦德勒有点儿过分担心了。"他们说，"他撑不下去了。"因此，答复在半夜抵达，阻止了22日的进攻。"先联系波尔-卡鲁再行动。"或者类似的话。就这样，这支强大的军队——与乔治·怀特爵士抵制住布尔人第一拨愤怒的部队同样强大，当时，他带领25000人冲进了纳塔尔——只能懦弱地等待，无法对只有2500人守卫的阵地发起攻击。

在这场未战之战的那天早晨，吃过早饭后，我爬上了骑兵们两天前占领的那座小山的山顶，士兵们把它命名为"布拉伯山丘"。在1500码之外，敌我双方正在使用步枪交火，哪怕是把自己的头探出石头掩体，看一眼对面绿色山坡上布尔人的壕沟，也十分危险。但我的目的并非如此。我扫视了一下北方的地平线。远处，在雾蒙蒙的青山山顶，似有一颗钻石闪烁。波尔-卡鲁便在那里。半小时后，另一颗星星开始在东方更远处闪烁。弗伦奇和他的骑兵也在稳步前进，"跟着战斗，"日光反射信号器表示，"但迫使敌人后退。"战斗规模确实扩大了。这次动用了不少于5个步兵旅、3个骑兵旅、70多门大炮，要把2500名布尔人从他们在德韦茨多普前方的阵地赶走。

23日静静地过去了，只有荷兰大炮和一架维克斯-马克沁自动机枪时不时轰击我们的营地，以及前哨经常出现步枪交火。远处群山的菱形山顶似乎比以前更靠近东方了，下午布拉巴宗被派去群山所在的方向侦察。当义勇骑兵团从高原上的掩体出来时，布尔人的克鲁索大炮发现了他们。布拉巴宗和6名军官或勤务兵，骑着马走在他的旅前方50码处。

"你看，"荷兰炮手说，"那个是司令官，瞄准。"他们这样做了，他们从5000码外发射炮弹，炮弹在将军战马的两码之内爆炸了。"太棒了。"布拉巴宗说，"为什么我们被遗弃的大炮不能那样射击？"他命令旅队排成队列穿过危险地带。我从相对安全的地方观看了接下来的一幕，这个地方距离布尔人的大炮有600码。成群结队的义勇骑兵队从掩体出来，散开飞奔起来；每个队列只中了一枚炮弹。从我站的地方看，这个奇观最有趣。从炮弹在头顶上呼啸而过,到炮弹在疾驰的骑兵中间爆炸,这中间有一段相当长的时间,人们很容易就能断定炮弹有没有击中。

义勇骑兵队非常平稳,在受到猛烈攻击时,他们大部分时间都是整齐而威严地慢跑,一经过危险的地方后,就开始缓行。没有人受伤,只有三个人在马被石子绊倒后撞到了后脑勺。事实上,从一些经验来看,我认为我们大可不必害怕那些9磅重的克鲁索大炮。他们以惊人的精准将一枚小炮弹发射到很远的地方,但除非炮弹真的击中了某人,否则几乎不会造成任何伤害。普通子弹也同样危险,只是子弹不会发出那么大的声音。

在纳塔尔省的瓦尔·克兰茨,敦唐纳德旅和其他部队在一门98磅大炮的轰击下有惊无险地生活了3天,在这期间,这门大炮只杀死了都柏林明火枪队的一名士兵、两名当地人和几只野兽。除非至少有十多门大炮发射冲击弹或榴霰弹,否则大炮根本无法实现全面打击。目前,布尔人往往只用一门炮就给我们造成了很大的麻烦,尽管他们几乎没有造成什么实质性的伤害,但却扰乱了部队,我们不得不另找地方扎营,行军队伍也奉命绕道而行;然而,我们应该耸耸肩,就像在莱迪史密斯那样,付一点儿必要的代价,仍然不受影响地按照我们的计划行事。但现在不是说这些细节和讨论的时候,如果我要赶上战场瞬息万变的态势,就必须严格排除这些细节和讨论。

23日就这样在战斗中悄无声息地过去了,布尔人的步枪手和炮兵们开火到黄昏,却没有造成多大伤害。我们想知道他们对

"扩大规模"的行动了解多少。他们意识到包围他们的军队有多强大了吗？他们会像克龙涅一样被抓吗？这几乎不可能。然而，在夜幕降临的时候，他们确实守住了所有的阵地，同时陷阱的弹簧被压缩，释放陷阱的时刻到来了。

24日早晨一声枪响都没有。伦德勒现在与波尔-卡鲁取得了联系，他把他的师转移到了左翼，随着切尔姆塞德的部队转移，他把保卫高地的任务交给了波尔-卡鲁。布拉巴宗和他的骑兵旅位于这场扫荡战的最外侧。他奉命与弗伦奇会合，后者从北向德韦茨多普后方摩德河畔的某个地方推进。就这样，我们出发了，带着战争中的谨慎和气势，转向敌人的左翼，在庄严的沉默中向敌人阵地的侧翼和后方挺进。

与此同时，高原上的切尔姆塞德见他对面的布尔人彻底停止开火，不由得大吃一惊。他派侦察员去侦察。几个人爬上小山，往战壕里张望，却什么也没看到。布尔人在夜里迅速撤退了。他们对我们的所有行动和计划都了如指掌，预见到不可能抵挡住强大的敌方军队，他们假装抗争到底，把我们拖到了最后一刻。22日晚，他们派出马车前往塔班丘；23日，他们向韦佩纳发起进攻，并大举进攻守备部队；24日晚，在韦佩纳失败后，他们进行了一次巧妙的撤退，韦佩纳的攻击部队通过莱迪布兰德向北挺进，而德韦茨多普的掩护部队则向塔班丘前进。

此时，布拉巴宗奉命盘旋在敌人的左翼，并对摩德河进行打击，却发现这里只有一条布满岩石的沟渠，渠中有些地方都是泥浆。弗伦奇从利乌科普绕过敌人右翼的背后，与布拉巴宗会合，却发现荷兰人已经离开，德韦茨多普再次升起了英国国旗。捕鼠器强有力的下颚啪的一声合上了。我看见他们黑压压的一群人越过平原，骑兵和大炮如同两只巨大的角；但老鼠几个小时前已经很舒服地走了。切尔姆塞德在空荡荡的战壕上移动，占领了这座城镇。伦德勒因为要迂回前进，一小时后才到小镇，他率部快速穿过小镇，前往摩德河，并派布拉巴宗带领风尘仆仆的中队追击撤退的敌军。事实上，当弗伦奇到来的时候，布拉巴宗已经向塔班丘进发了，弗伦奇带来了很多出色的参谋、机关炮、马炮和两个骑兵旅，并担任了最高指挥官。

他立即停止了追击，派布拉巴宗回去解救韦佩纳，好在这个地方有杰拉拉巴德这样勇敢的军官防守，然后弗伦奇进入德韦茨多普，一直待到第二天。

这就是德韦茨多普的故事，不能带着疯狂的热情去思考这件事。韦佩纳的敌人都被赶了出去，布尔人吓得从自由邦的右下角退到了莱迪布兰德和塔班丘，而我们只是付出了极小的鲜血代价。另一方面，敌人可能会吹嘘，2500市民用6门炮就牵制了一支人数多达13000人还有30门大炮的军队一个星期，而他们的同胞坚守韦佩纳，后来面对25000人的军队和70门大炮，他们才败下阵来。

占领德韦茨多普后的军队调遣清楚明了。弗伦奇没有顺从总司令的想法去追击敌人，而是占领了这个城镇，后来，这位骑兵首领奉命以最快的速度追击布尔人至塔班丘。他在 25 日天亮时出发了，伦德勒带领第 8 师于中午紧随其后。切尔姆塞德仍然与第 3 师的部分部队留在德韦茨多普，奉命恢复动乱地区的秩序。

布拉巴宗向韦佩纳进军，并收编了卫戍部队。在步枪和炮弹的连续攻击下，他们在仓促挖掘出来的战壕里守了 17 天，即使在晚上也无法离开；他们受到几次猛烈的攻击；尽管死伤惨重，不确定是否有援军前来，这次战斗也值得精心描写一番，此战也是布拉班特殖民旅历史上一段可歌可泣的事件，特别是要好好记录开普步骑兵，他们损失了近四分之一的成员。

布拉巴宗带上了守军，还和哈特和布拉班特通了话，然后他率部回到了德韦茨多普，并奉命从那里转移到塔班丘。事实证明，他抵达的时间非常巧，与苏格兰卫队和义勇骑兵队派出的护卫队一起，执行了护卫任务。波尔-卡鲁和第 11 师回到布隆方丹参与了大进军。

布尔人成功地撤退了。他们带走了伍斯特团的 25 名俘虏，这些俘虏误入布尔人在德韦茨多普前的营地，而且只带了预备带去位于"布拉伯山丘"营部的几只炊具和大量牛羊。他们在莱迪布兰德停了下来，带着昂扬的斗志，向达班丘的北面和东面进发。的确，他们没有理由对他们入侵南方的结果感到不满。

他们缴获了 7 门大炮和近 1000 名战俘，还逮捕并带走了许多放下武器、与英国政府和解的农民。他们对所有款待英军的人都进行了骚扰，拿走了他们送往北方的大量物资，最后拖住大进军五个多星期之久。

由于兵力的严重失调，战斗并不惨烈，损失也很小。在德韦茨多普前方的小规模战斗中，大约有 40 人死伤，伤亡者大都来自布拉巴宗旅。在利乌科普的战斗和随后的战斗中，弗伦奇部的几个军官和 50 名士兵或死或伤；第 9 枪骑兵队的一个中队奉命攻击一座小丘，伤亡惨重，伤亡人数近 20 人，队长斯坦利也在其中，他是一个非常勇敢的军官，最后伤重不治，维克多·布鲁克（后面还有提到这个人）的左手粉碎。负责罗伯茨骑兵队的第 9 孟加拉枪骑兵队上尉布雷塞尔-克莱夫在利乌科普牺牲，他在印度边境沿线的许多朋友都很清楚，即使战场上有大批部队，他的死也让罗伯茨勋爵的军队遭受了相当大的损失。

第七章　伊恩·汉密尔顿的行军

温伯格，5月8日

在自由邦东南角进行的战斗并不令人满意，其结果胜负不明，但很快，一连串异常积极和取得显著成功的行动制止了这样的颓势，并实现了逆转。在所有针对铁路东侧敌人的佯攻中，汉密尔顿向水厂最北端阵地的推进无须拼死相搏。命令是这样的："如果你发现水厂阵地防守薄弱，虽然这不太可能，你可以设法占领，如果成功了，可要求史密斯－多里恩率旅团增援。"

伊恩·汉密尔顿将军现在指挥着庞大而分散的步骑兵师，他率领大约2000名轻骑兵、澳大利亚步兵和步骑兵，以及一队乘骑炮兵，于4月22日从布隆方丹出发。23日，他抵达水厂前方，经侦察发现阵地守卫薄弱，也可能是他认为他可以攻克阵地，于是他发动了攻击，天还没黑，他就拿下了水厂；然后，他率部过河，来到河对岸的群山，进入敌人退守的区域。史密斯－多里恩的旅团立刻被召集起来，该部在天黑后赶到，第二天早晨，这支部队过河，至此，整个阵地都被占领了。敌人只是稍做抵抗，有些人认为这是他们的阴谋，目的是把纵队引诱到更靠东的陷阱里去，另一些人则认为敌人是在以退为进。指挥部收到这个消息，知道部队夺取了这一巩固布隆方丹供水的重要阵地，都极为满意。

与此同时，围绕德韦茨多普的作战行动以失败告终，布尔人显然避开了拦截的纵队，正从塔班丘向北行进。该怎么办？水厂的指挥官有什么建议吗？毫无疑问，他的建议是应该允许他前进占领塔班丘。这就是众人所期望的答案。于是，上级同意了他的提议，并给了他一个野战炮兵连，于是，在4月25日，纵队从水厂阵地向塔班丘转移。纵队构成包括里德利的步骑兵旅（其中包括很多殖民地居民：澳大利亚人和新西兰人）、史密斯-多里恩的步兵旅（戈登高地步兵团、加拿大兵团、什罗浦郡兵团和康沃尔兵团），他们还配备了12门大炮。

一开始，布隆方丹以东的乡村地势平坦开阔。褐色的大草原几乎一直延伸到地平线，偶尔会出现灌木丛覆盖的小山。对于任何不习惯南非大草原的人来说，这里的地势似乎对骑兵或炮兵的自由行动没有构成任何障碍；然而，直到有人试图骑马沿直线穿越草原，难以想象的险峻峡谷和棘手的铁丝栅栏才显露出来。但在水厂所在的摩德河另一边，地面上的岩石和丘陵多了起来，起伏的地势一直延伸到塔班丘山，此后，田野上便出现了连绵的山脊，与巴苏陀兰高低不平的山峰连成一片。

在英格兰，我们只会把塔班丘当成一个小村庄，但它是一个镇

第七章 伊恩·汉密尔顿的行军

子,在奥兰治自由邦具有相当的商业重要性,这个地方位于这片险峻群山的山脚,无疑具有重要战略价值。向布隆方丹的方向,有一道又长又宽的平直山谷,越往东山谷两边的峭壁就越高。这条宽大通道的东端被一连串岩石小丘挡住了,岩石小丘十分奇特和引人注目,看起来像是大自然故意将山丘安置在这里,来抵抗侵略者。小丘从平滑的地面突然升起,是一个坚固的堡垒,整个阵地依靠着明显安全的侧翼,形成了最强大的屏障,当地人称之为"以色列要隘"。

4月25日,汉密尔顿率全部沿山谷行进,里德利率步骑兵走在大部队前面,距离相当远。10点,在纵队左侧的群山上,传来了密集的步枪和大炮轰鸣声。里德利没有理会,而且后来证明这只是布尔人的一次佯攻,里德利继续进军,汉密尔顿紧随其后,11点刚过,里德利和汉密尔顿都停在"以色列要隘"的前方,他们发现敌人占领了那片阵地,估计有800人和几门大炮。

将军派人进行了侦察,传来的结果非常令人不安:布尔人刚刚得到了"4队共2000人的增援",但将军还是决定进攻。他的计划简单而有效。这与1897年宾顿·布拉德爵士在兰达凯强攻"斯瓦特门"的战役非常相似,同样是用一支精锐步兵部队和所有大炮钳制和控制正面。其余的士兵向左右攻击,步兵沿着山谷的左壁攻击,骑兵则沿另一边山壁攻击。

因此,加拿大军团和格雷厄姆斯敦志愿军(马歇尔骑兵队)呈延长序列前进,二者之间间隔25码,行进到敌人阵地约800码的范围内,刚刚超出可造成重伤的射程内,他们趴下,使用步枪连续开火。两队人马的大炮立即投入使用，以令人满意的能量轰击峰线。史密斯-多里恩带着旅团剩下的三个营一起向左移动，开始沿山脊进攻。里德利从山谷中冲出，进入了山谷另一边的开阔地带，开始向敌人的退路挺进。

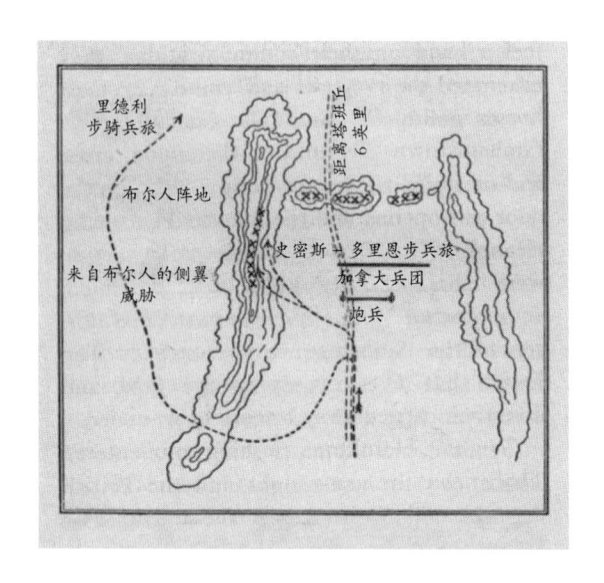

4月25日，汉密尔顿在"以色列要隘"的战况。

四个小时过去了，在此期间，布尔人满怀希望，希望击退正面进攻；四个小时后，他们发现自己的右翼被攻破，后方受到威胁。他们立刻像无头苍蝇那样手足无措，觉得自己的通信受到了干扰，便急忙撤离阵地，飞奔上马，疾驰而去。于是加拿大人和

第七章　伊恩·汉密尔顿的行军

格雷厄姆斯敦志愿军占领了小山防线，就这样打开了门户，通往塔班丘的道路畅通了。在这一巧妙的战斗中，大约20人死伤，其中有不少于5名格雷厄姆斯敦志愿军的军官。荷兰人在战场上留下了5具尸体，无疑还带走了20多名伤员。

汉密尔顿将军继续推进，在当晚进入塔班丘，英国国旗再次在这座城镇升起。在从撤离到重新占领这个城镇的这段时间里，帝国的这个部分受到了布尔人的多次骚扰；这里的人天生腼腆，并不敢对英军表示欢迎。来自德韦茨多普和韦佩纳的南部突击队艰苦行军，已经从塔班丘后面通过。26日，负责掩护伦德勒（第8师）行军的弗伦奇率骑兵到达，由于他是一名中将，他一度从汉密尔顿手中接管了指挥权。

我和骑兵旅从德韦茨多普向北而来，目睹了26日至27日两天的塔班丘战役。塔班丘山巍峨险峻，面积相当大，向南延伸，形状并不规则。然而，北部是一个宽阔的海湾，根据战报，长满青草的海岸从较为干旱的平原上逐渐升高，据说布尔人的防御阵营在那里。敌人凭借枪和步枪兵，守在那座新月形的山顶上，为了不让任何人抄后路，他们向右方派出了几百个可靠的人，这些人以最分散的队形作战，为他们的阵地形成了一个巨大的前线，让敌人以为他们人数众多。

26日下午，为了在第二天继续作战，一支步骑兵在数门马克沁炮和马炮部队的支援下去侦察敌情，如果可以，他们还要守住基奇纳骑兵山。这支部队兵不血刃便占领了那座山，不过有人看到一些布尔人沿着山脊左右疾驰，接着就开始了断断续续的步枪射击。驻扎在山上的驻军包括基奇纳骑兵、一个连的林肯步骑兵和两门马克沁火炮。但就在太阳下沉的时候，指挥部队的军官改变了计划，命令全体撤退到塔班丘。在印度边界，白天撤退，夜晚降临时守在最有利的阵地里，是一条基本原则。然而，在这场战争中，经验表明，即使付出沉重的代价，也最好是留在地面上等待天黑，然后在必要时撤退。造成这种差异的原因是，尽管要尽可能避免与一名装备有四英尺长刀的非洲人（像猫一样活跃，像老虎一样凶狠）近距离接触，但对士兵而言，不会有比与一名荷兰人近距离相拼更令人满意的了。尽管这两场战争的教训在许多方面存在矛盾，但在一点上却是完全一致的：黄昏是所有战争中最不适合撤退的时间。

改变计划不合时宜，后果很快便显现出来。布尔人看到了对手撤退，便大胆地向前推进，基奇纳骑兵发现自己被敌人咬住，动弹不得。黑暗中接着发生了一场激烈的小规模战斗。布尔人蹑手蹑脚地靠近士兵，一名凶猛的灰胡子在距离英军射击线只有八步远的地方被子弹打中头部，但在此之前，他杀死了他的敌人。据传到镇子的情报说，基奇纳骑兵队在离营地4英里远的一座小丘上遭到了"拦截"，这促使弗伦奇将军派戈登高地步兵团去救援。这个营大约在10点钟出发，开始向北行进。但天黑咕隆咚，地面高低不平，他们迷失了方向，向南走了5英里，占领了另一座山，直到第二天下午才与部队会合。由于一直找不到他们，所以大家都很为他们担心。与此同时，在第21枪骑兵旅福尔少校的指挥下，基奇纳骑兵勇敢地防守，击退了布尔人，并在11点左右设法不受干扰地撤退下来。在这一战斗中，有12或14人伤亡，其中包括一名被击中头部的军官。

第二天一大早，整个部队就出了城，弗伦奇今天的行动是为了迫使敌人从他们在塔班丘山后方的阵地撤退，如果可能的话，还要包围敌人的一部分部队。然而，弗伦奇将军所掌握的情报并不十分准确，因为我在26日的电报中写道，塔班丘北部集结了"2000多名布尔人"，新闻审查员把这句话删掉了，只提到"小股部队"。如果后一种看法是正确的，那么第二天的行动很可能会取得更大的成功。

这个计划清晰有力。戈登骑兵旅要向右转，绕过塔班丘山的东面，向山后的平原挺进。这支部队完全由枪骑兵组成，希望他们能找到机会使用他们那可怕的武器。汉密尔顿要把虚弱的布尔人逼回右边，为迪克森骑兵旅开路，让他们与戈登骑兵旅联手。伦德勒的步兵从德韦茨多普出发，长途行军使他们疲惫不堪，他要佯攻布尔人的中路，并占领这座城镇。

战斗开始时，史密斯-多里恩的步兵旅坚定地前进重新占领了基奇纳骑兵山，里德利骑兵旅也进行了大规模的移动。这两次行动在汉密尔顿的领导下都取得了成功。布尔人的薄弱右路被攻破，骑兵前面的道路畅通了。9点，弗伦奇的主力中队才开始出现在平原上，到10点，迪克森的整个旅已经穿过了这个缺口，安全地行进到了远处起伏的平原上。

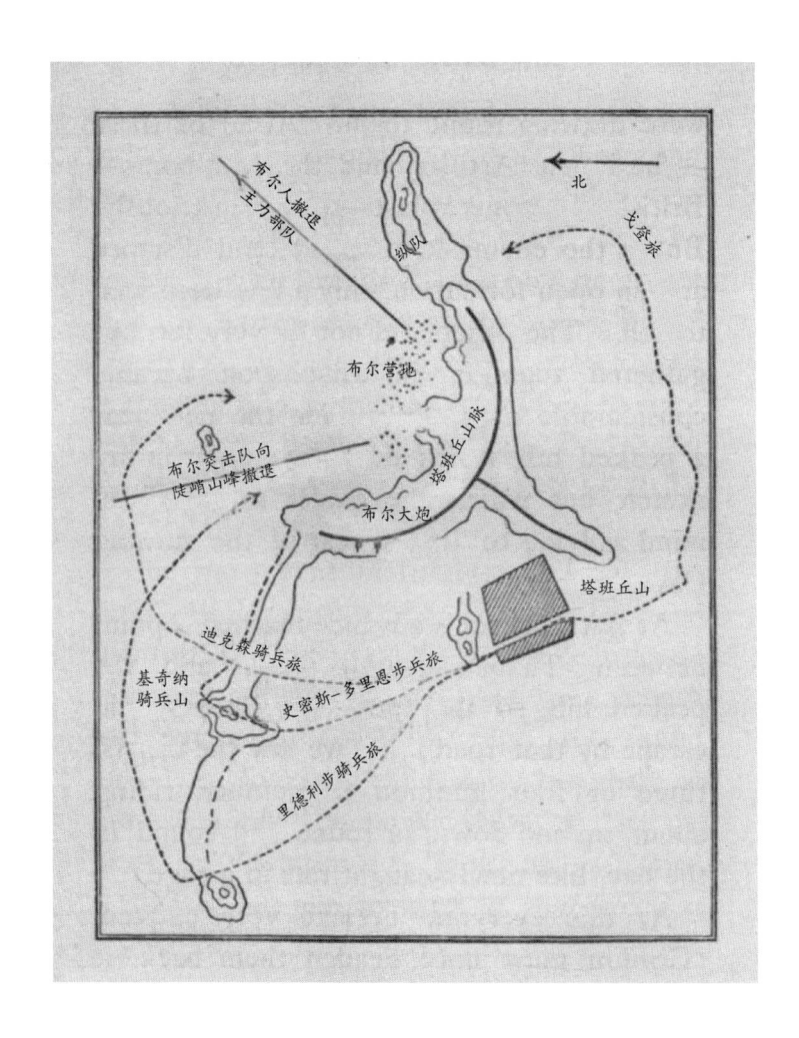

4月26—27日，弗伦奇
在塔班丘附近的战斗。

我第一次希望看到骑兵和马炮在地势适宜的国家作战，我骑

第七章 伊恩·汉密尔顿的行军

马从基奇纳骑兵山的观察哨下来，一路小跑赶上了骑兵中队。很明显，左路包抄进展顺利。我们几乎可以看到塔班丘山后面的海湾。要是戈登高地步兵团也一路顺风，我们就可以和他们联手，抓获一大批俘虏。就这样，旅队继续越过一道道山脊，不久布尔人果然就开始飞快地从前线逃跑，想从我们的包围网中逃出去。在这期间，马炮和机关炮（终于是英国的机关炮了）开火了。但是，由于敌人保持着一定的距离和松散的队形，只有少数人被炮弹击中。其他人并没有逃出去多远，而是在网外聚集，很快就形成了不小的规模，他们距离一座陡峭的山峰不远，这座山峰并没有出现在我之前的描述中，但读者可能记得，这座山就在骑兵的左后方。

最后，迪克森到达了塔班丘山和陡峭山峰之间的一个地方，阻断了其余的布尔人从那条路逃跑的可能；我们又看见三四百布尔人骑马上山下山，或在海湾里兜来转去，像刚被关入笼中的老鼠。

听到这里，每个人都变得非常兴奋。"戈登高地步兵团一定是把他们赶回来了。"有人说，"再多来几个，我们就能大丰收了。"在哪儿能抓俘虏？有人建议问问汉密尔顿。闪闪发光的日光反射信号器用比较正式的语言说："来帮我们大丰收吧。"汉密尔顿立刻采取行动，离开了战略要地；他把他能找到的所有部队都集合起来——疲惫的步骑兵和炮兵连，还有史密斯-多里恩手下的全部旅团，反正是在漫长的一天结束后仍然可以迅速行军的部队；他急于夺取并控制塔班丘山的北部山坡，准备冒很大的风险出一记重拳。

有了步兵和火炮的部署,他就有底气鼓励迪克森继续前进,就这样,整个旅又前进了将近一英里。最后,我们翻过一道平坦的山脊,发现自己正对着海湾和马蹄形的山脉。现在我们终于要见到戈登高地步兵团了。"来了。"几个人喊道。朝那个方向望去,我看见气势赫赫的马群从海湾中央向西北方向奔涌而出。但来人是戈登高地步兵团吗?至少有4000人骑马从我们前方穿过,距离不到两英里远。当然,没有哪个旅有这么多人。然而,他们的排列如此齐整,我简直不能相信他们是布尔人。

然而,数量证明了他们的确是布尔人。就在我们还在盯着这个惊人场面的时候,敌军纵队的尾部突然冒出了两股浓烟,两枚精确瞄准的炮弹在我们的马炮附近爆炸。与此同时,左翼后方的巡逻队急急忙忙地赶来,告诉我们,布尔人已经从我们想象的"陷阱"中逃了出来,此时正带着两门大炮大举挺进,要切断我们与其他部队的联系。

至于戈登高地步兵团,其命运已不再有任何疑问。在东边远处,群山的马蹄形山壁向下延伸到一条通道,这个门户的两边都在冒烟,深棕色的烟雾映衬着越来越暗的天空,这表明戈登高地步兵团还在率领炮兵"敲门",但一直没能进入门户里面的平原。此外,黄昏的危险时刻并不遥远。趁还有时间,迪克森决定撤退,并且立即行动,避免任何不必要的耽搁。布尔人向我们的后方和侧翼扑来,在很远的范围内展开猛烈的攻击,他们飞快地向前，以至于迪克森旅及其大炮不但没有俘虏敌人，反而险些沦为俘虏；事实上，旅长的餐车、团用的水车和其他一些小东西，由于速度慢，不能"跟上一般步伐"，都被饥饿的敌人抢去了。现在，敌人简直欣喜若狂。

与此同时，汉密尔顿也冒了一些风险，好使设置的圈套发挥作用。他现在得想想自己了。首先，必须阻止布尔人的前进，其次，为了阻击布尔人而放弃控制基奇纳骑兵山的部队必须撤回到塔班丘哨兵线之内。将军认为这两件事都很重要。他明智地安排了一些步兵和几门大炮，给了正在推进的布尔人沉重打击，使他们在 800 码处掉转方向，迅速逃到邻近小山上的掩体后面。这种优势使战局恢复了原状。汉密尔顿在地面上一直待到天黑，然后，他派里德利和史密斯-多里恩指挥，他自己安全地回到了塔班丘。

白天，步枪和大炮的火力不断；但是，由于双方都处在射程之外，两军都没有表现出多少焦虑，伤亡也很少。的确，我认为双方的伤亡人数都不到十几人。就英国人而言，白天的行动取得了相当大的成功。

布尔人显然准备从塔班丘撤退，但他们打算做好准备再撤退，而且要充分斟酌，很明显，我们并没有成功阻止他们。同样清楚的是，他们远非"小股部队"，而是有将近 6000 人，所以，总的来说，我们可以庆幸自己在对敌情不了解的情况下，却没有遭受严重伤亡。这次战斗只有一个很难理解的地方，那便是布尔人为什么会像关在笼子里的老鼠一样兜来兜去。既然他们知道向东北撤退的路线安全无阻,为什么还要这样做呢?我只能得出这样的结论:这个特别的突击队已经安排好向北退到那座陡峭的山峰,却很恼火遭到我们的阻碍,不能去那个地方与他们的战友会合,不能去享受在那里等待着他们的马车和晚餐。

在这个颇有教益但并不令人满意的日子的晚上,汉密尔顿接到了罗伯茨勋爵的命令,要他按照军队的总体前进方向,向北进军温堡。为了达到这个目的,他的部队人数将大大增加,接下来的战斗需要另开篇幅来描写。弗伦奇在塔班丘停留了几天,但没有再对敌人发起任何大型行动。

在塔班丘附近只发生了另一起有意思的事件。布拉巴宗解放韦佩纳后,奉命行进到德韦茨多普。28日,结束了漫长的行军,他满身尘土,疲惫不堪,带着他的义勇骑兵队来到群山之间一个山口的脚下。一个卡菲尔人懒洋洋地走进营地,问将军是否愿意看一场漂亮的炮击,因为山谷顶部将有一场精彩的表演。布拉巴宗很感兴趣,立刻骑上马,在这个卡菲尔人的引导下穿过一条曲折小路,来到了一片视野开阔的地方。

暮色四合,可以看到一个英国护送队,由一群孩子和几个义勇骑兵队员保卫,像卡菲尔说的那样,布尔人用两门大炮非常精确地轰击他们。将军于是给了卡菲尔人"五元钱",让他带信穿过布尔人防线,交给护送队的指挥官,让他们勇敢地坚持下去，并保证布拉巴宗和帝国义勇骑兵队天一亮就会去帮助他们。

卡菲尔人成功地完成了使命。护卫队受到了鼓舞，将军言而有信，天一亮，将军就前去救援，布尔人闻风丧胆，仓皇而逃。于是，布拉巴宗、义勇骑兵队和护卫队一起高奏凯歌进入塔班丘。

第八章　伊恩·汉密尔顿

伦敦，1900 年 8 月 10 日

1853 年，伊恩·斯坦迪什·蒙蒂思·汉密尔顿出生于科孚岛。他的父亲，已故上校克里斯蒂安·蒙蒂思·汉密尔顿曾是一名上尉，后来成为第 92 高地步兵团的指挥官，他是约翰·乔治·汉密尔顿和克里斯蒂娜·卡梅伦·蒙蒂思的长子，克里斯蒂娜的父亲是兰开夏郡议员亨利·蒙蒂思。他的母亲，已故的玛丽亚·科莉尼亚·维里克，是第三戈特子爵约翰的女儿。汉密尔顿家族是苏格兰汉密尔顿家族的一个比较古老的分支，代表着韦斯特波特汉密尔顿家族的男性分支。他父亲这边的祖先之一是汉密尔顿上校，多年来一直担任第一任马尔伯勒公爵的副官。因此，伊恩·汉密尔顿发现现任马尔伯勒公爵是他手下的参谋官，担任类似的职务，可以说是一个很大的巧合。说他是纯正的凯尔特人并不完全正确，但对这些问题感兴趣的人应该注意到他的血统大半是凯尔特人：他的祖母和外婆，蒙蒂思和奥格雷迪，都有凯尔特人血统，她们分别是苏格兰凯尔特人和爱尔兰凯尔特人。

第八章　伊恩·汉密尔顿

伊恩·汉密尔顿出生的时候，他的父亲在科孚岛第92高地步兵团服役。他的母亲于1856年去世，在接下来的10年里，父亲一直在部队服役，他和弟弟维尔克尔·汉密尔顿（生于1856年）与祖父母住在阿盖尔郡圣湖的哈普顿。在荒凉的乡村沼泽地和湖畔度过的童年，很可能会使人的神经和肌肉发达起来，激起世代好战的祖先传承下来的热血。他最初在卓姆接受教育，长大后去威灵顿学院求学。他在这里很快乐，虽然他不是特别勤奋，但他在每学期期末考试中都能取得好成绩，这为他在课程上的疏忽提供了借口。1872年，他通过了军队的考试，根据当时实行的制度，他可以选择去英国皇家陆军官校，也可以去国外生活一年学习外语。这位军校生选择了后者，并被送往德国。在那里，他有幸结识了一位最杰出的老人——达默斯将军。将军是汉诺威人，住在德累斯顿，曾在朗泽与普鲁士人作战，并拒绝接受在普鲁士人手下做高级指挥官。虽然达默斯将军仍然是汉诺威前国王的副官，但他在汉诺威军官中是核心人物，而这些军官都加入了撒克逊人的军队。因此，达默斯将军接触到了最新的军事思想学派，刚刚结束的第一次世界大战的教训使他的军事思想学派活跃到极点。从达默斯将军那里，伊恩·汉密尔顿掌握了德语、军事测量学、军事史，当然还有战略和战争艺术。他在这一年里受益良多。然而，他一回到英国，陆军部就宣布他们改变了主意，将来每个人都必须去英国皇家陆军官校受训。他的父亲身为军官有权进行抗议，却被当局否决了。就这样，尽管不是他的过错，伊恩·汉密尔顿在初入军队之际便失去了一年资历，或许在当时，命运就决定多多补偿他。

1873年，伊恩·汉密尔顿进入第12步兵团，几个月后加入了他父亲昔日服役的第92高地步兵团，1881年之后进入该团2营。他从一个守备部队到另一个守备部队，按部就班地爬上了晋升长梯的前几级。从一开始他就对步枪很感兴趣，是一名敏锐而出色的步枪射击手，但他不局限于使用军用步枪。他在克什米尔的雪山边休长假，而且收获颇丰。他捕到了很多大型猎物，别人都望尘莫及，他砍掉猎物的头做纪念，其中一只捻角山羊的单角羊头就独领风骚了几个月。

然后，阿富汗战争爆发了。伊恩·汉密尔顿虽然只是一名步兵，却成了英国骑兵旅那位不幸指挥官的副官，而布拉巴宗则是旅长。上任初期，他因发烧而病入膏肓，因此没有卷入围绕查德谷军事行动展开的长达数年的争议之中。如果他在职业生涯的早期就与这位伟大将军进入敌对状态，那将是非常不幸的，毕竟他后来的晋升都与这位将军息息相关。

在1881年的布尔战争中，汉密尔顿仍然只是个中尉。他奉命随团去南非，满怀热切的期望。这个团的士兵对战争的艰险已经习以为常，对战争的危险也不屑一顾，他们处在迎敌的最佳状态，而且，他们对敌人怀着最深的鄙视，而这在英国远征军中是很常见的。良莠不齐的布尔人对抗这些来自喀布尔和坎大哈的著名士兵，这样的情形是做梦也想不到的。他们还没打仗，就在讨

第八章 伊恩·汉密尔顿

论要为在这次战役获得的奖章配什么样的扣环。他们要去朗峡、波切夫斯特鲁姆和比勒陀利亚。以前从未有人听说过马尤巴山这个名字。然而，高地步兵团和荷兰人就是在那里第一次迎面相遇。

马尤巴山的悲惨故事十分出名，虽然它的重要性与它的名气并不相称。如果那场战斗是在现在这场战争中进行的，说不定有可能载入史册，成为"2·27"事件。不过，当时世人都认为那场战斗很惨烈，而且至关重要，甚至改变了各国的历史。除非涉及伊恩·汉密尔顿，否则其细节不会在这里重复出现。一般来说，马尤巴山是一座平顶山。乔治·科利爵士和从不同部队中挑选出来（以便大家共享荣誉）的 600 名士兵坐下来休息和睡觉，还在平顶山山脚挖了一口井。第 92 高地步兵团的一队侦察员（火力并不强大）被派到了山丘的外侧斜坡，监视远处布尔人的防御营地，那里灰蒙蒙一片，十分安静。汉密尔顿身为中尉负责指挥。天渐渐亮起来，光线越来越强，他看到了悲剧发生的全过程。布尔人醒了，营地里变得十分喧闹；西蒙旅在晨光下的塔拉纳山上抬头望，正在此时，布尔人也抬起头，看到天际线上都是人。接下来是更大的喧闹、长时间的拖延，还有人在争论和犹豫，一些英国士兵吹嘘自己的枪法准："哈，哈！我想这次是我赢了！"然后，十几二十个人骑马朝山脚奔来。汉密尔顿报告了这个消息。马尤巴山的战斗开始了。战斗时断时续。

有人曾告诉我，这里有一条长峡谷通向一个陡峭的山坡。布尔人的骑兵消失在峡谷较低的尽头。汉密尔顿吩咐手下人向右边稍稍转移，在那里，只要起伏的地势允许，他们或许可以控制这一之字形的入口，而且，他还向将军或任何指挥此次战斗的人报告，"敌人将发起进攻"。当时的指挥官是科利，他率部在晚上爬山而累得筋疲力尽，此时正在睡觉。汉密尔顿还搭建了几处石头掩体。接下来又安静了一会儿。突然，布尔人从近处的岩石和灌木之间冲了出来。那就向他们开火。汉密尔顿随即率部用步枪开枪，对方的回击火力十分猛烈，一场精确的近距离步枪射击压制住了这一小群正规军，他们躲在脆弱的掩蔽后面不敢出来。没有人能露头开火。士兵们把头盔举到掩体上方，拿下来后就能看到上面有两三个弹孔。半个连能独自作战吗？其他人在做什么？汉密尔顿觉得有必要再报告战况。他让一个中士带领这半个连的士兵，他自己站起来，跑上斜坡，后到了平顶山那边的安全地带。距离还不到40码，就有两颗子弹穿过了他的苏格兰短裙。将军在哪里？一个无知所以无畏的参谋说将军在睡觉。"他很清楚发生了什么事。"参谋说，"用不着为了区区一个高地步兵团的中尉就大惊小怪。"汉密尔顿回到了他手下正受到猛烈攻击的士兵身边。交火变得越来越激烈。布尔人开始慢慢接近。他们扩大了正面攻击的范围，还从山脚绕了过来。部队都睡着了吗？至少应该再警告他们一次。他又一次冒着枪林弹雨穿过空地，又找到了那些参谋。但这次他们很恼火。年轻的军官战战兢兢，危言耸听，真叫人厌烦。"没关系。"他们说，"平顶山上的战况没什么可担心的。"子弹从头顶呼啸而过，风在温暖的房子外面呼呼刮着。

第八章　伊恩·汉密尔顿

但情势突然发生了变化。

汉密尔顿刚刚重新加入了他的队伍，布尔人就从四面八方发动了进攻。高地步兵团的这一小队侦察员完全无法阻挡敌人，便跑回了平顶山边缘，和布尔人短兵相接，布尔人用步枪猛烈地射击他们，甚至把枪口对准他们的脑袋，把他们杀死。威廉·巴特勒爵士在书里为乔治·科利爵士开脱罪名，书中暗示，他的侦察员因为恐慌而撤退。事实是，他们三次向将军报告敌人发动了猛烈攻击，实在抵挡不住敌人的压倒性力量才后撤。伊恩·汉密尔顿率领的17个人中，有12人牺牲。

剩下的侦察队员和追赶的布尔人一起到达了平顶山边缘，大部队可以看到他们。在碟山上躺着的士兵见到这样的离奇场面，都吓了一跳，他们一齐站了起来，有些将装备背在身上，有的没穿外套，这些高地步兵团、水手和架线工人跑上前去，开始胡乱射击。布尔人立即趴下反击，给我们造成了巨大的伤亡。随后，荷兰人在山边的掩护后面，英国人在平顶山中央的岩石间，就这样展开了一场激烈的枪战。最后，随着更多布尔人出现在高原北端的高地上，这样的局面才告一段落。士兵们面对强大的火力，不知道该做什么，也没有收到命令，所以出现了动摇。最后一个机会出现了。汉密尔顿凭着年轻人的冲劲冲到将军面前："我希望您能原谅我的冒失，长官，但您能不能允许高地步兵团用刺刀冲锋？"

"别自以为是，年轻的先生。"科利冷静地回答，"让敌人进攻,等他们走近了我们就开枪,到时候再冲锋也不晚。"

此时,战斗已经呈现出一边倒的态势。英国军队放弃了阵地,纷纷撤退。布尔人站在山边,毫不留情地向他们开枪,他们手捧来复枪,在80码的射程开枪。汉密尔顿看到10码开外有个人正在瞄准他,于是他举起步枪反击。两个人同时开枪。这位英国军官的手腕被打碎,他又站了起来——山脊就在附近。最后一批逃亡者正从山顶翻过。为了自由而狂奔吧!敌人的子弹是致命的。他还没跑过山顶,上衣就被一颗子弹划破了,另一颗子弹打在了他的膝盖上,最后一块飞起的石头击中了他的后脑勺,他随即倒地,幸运的是,他倒在了一块小岩石后面。

敌人的攻击停了下来。布尔人开始占领阵地。有两个布尔人发现了受伤的汉密尔顿。年轻的那个非常兴奋,要一枪结果了他。年纪大点的布尔人阻止了他。"你是军官吗,你这个该死的英国佬?"他们问。

"是的。"

"把你的剑交出来。"

汉密尔顿的剑是他父亲的。他只好给他们钱。

"钱!"他们大叫起来,"都交出来。"他们正要把钱抢走,这时一个大人物走了过来,此人自称叫朱伯特。"前进。"他对那两个人说,尽管他们想抢劫,他还是把他们赶走了。汉密尔顿感谢了他。"这对我们来说是糟糕的一天。"

"星期天都要打仗,你还想怎么样呢。"这个布尔人像是上帝一样回答道。

然后，布尔人把俘虏们集中起来，帮助汉密尔顿走回英国阵地。科利倒在地上死了。他们不相信他是将军。"英国人都是骗子。"冷酷而悲惨的赫克托·麦克唐纳是阿富汗战争的英雄，现在被敌人俘虏，闷闷不乐地看着整个过程。布尔人认出了投降的囚犯。他们看着汉密尔顿。他从头到脚都沾满了鲜血。他们说："你八成活不了多久。你可以走了。"他跌跌撞撞地爬回营地，第二天早上神志不清地到了那里。子弹打穿了他的手腕，他的腕关节碎成了八块，有一两块碎骨已经不见了。他如果同意截肢，很快就能康复。但作为士兵，他必须保全自己的所有。他发烧、休克，几乎丢了性命。整整六个月，他一直未能痊愈。但那只手保住了，所以这位将军现在可以用他那麻痹干枯的手指拿信封，有时还可以拿香烟。无论是要干什么，他的手都算废了，他每次骑马，那只手便无助地垂着，但这是一种光荣的畸形。

一连几个月，汉密尔顿都在思考是否应该离开军队，完全投身于他一直热衷的文学事业，但他决定继续当兵。

他后来在苏丹服役：他不想参加这次战役，因为他所属的营在印度服役，印度和埃及的英国军官一直心怀嫉妒。但是他碰巧在休假回家途中。当轮船到达苏伊士的时候，他想问问自己，为什么他不随着正在集结的纵队前往尼罗河上游？于是他下了船，穿过沙滩，跑向车站里的火车。如果他没有赶上，他可能就回船上了。但他及时赶到了。第二天，他到了开罗，在那里等行李时，他去申请进入部队。但他被拒绝了,军官是不允许做志愿军的。第 92 高地步兵团是他唯一的希望,但他们有足够的军官,没有空缺给他。然而,汉密尔顿并没有轻易放弃。他决定去瓦迪哈勒法,并在那里重新申请。他和伯纳比上校一道向南进发,经过一个星期的火车和内河船的航行,他来到了一大片沙地中间的灰泥小屋,这里是英国远征军的基地,他们既有沙漠部队,也有河流部队。

随后发生的事情十分常见,值得年轻军官注意。让我们永远记住,军队的规章制度是为了使所有人都遵循统一的模式,而且在同一个智力水平上,而不是最高的水平。规则的确存在,但步步高升靠的不是那些规例。因此,从战时服役的方方面面来说,他这个中尉绝不能以"不"作为回答。他应该不惜任何代价去前线。每五十个在军队食堂或俱乐部表示渴望继续服役、因为没有入选而抱怨的人中,只有一个是真心实意去面对上前线的问题和风险。当你到达那里时,竞争就不那么激烈了。我知道这一点,并且相信事实的确如此。

在这件事上,中尉汉密尔顿确实处在有利地位。如果他成功了,一切都好。如果他遭到斥责并被降级,他必须再试一次。当局能做什么?他们总不能一枪打死他。他们至多可以送他回他的团部,勒令他六个月内不得离开,一些暴躁的老顽固(他们也年轻过,却早已忘记了自己的青春岁月)会在蓓尔美尔街一些冗长沉闷的书中抨击冒犯者:"心急火燎地要当现役军人。"

当然,在瓦迪哈勒法,每个人都很高兴见到汉密尔顿。他们

第八章 伊恩·汉密尔顿

派他去填补第 92 高地步兵团恰巧出现的一个空缺，给了他一个连和科伦姆河上的一艘船。在随后的艰苦战役中，他仍然表现优异。在尼罗河上游作战的军队的命运，没有像深入沙漠、在阿布克里亚和阿布克拉作战的纵队那样，受到如此密切的研究。但它仍然是英国军事史上最独特的部队之一。宽大的船只逆流而行，一天驶出 3 英里，不仅要应付频发的洪水，还要面对不断来袭的敌人、岸边的侦察队、纤夫、红色沙漠的沙子、炎热的天气，以及照射尼罗河峡谷岩石的炽热阳光，这些可能构成一幅迷人的图画。汉密尔顿的船不知怎地成了后纵队的排头。有一天，他们谈到了预期中的敌人，托钵僧的营地和据说埋伏着步枪兵的岩石山脊。领头的几艘船迅速向前驶去。汉密尔顿的船成了第 1 纵队的最后一艘船。无论如何，在第 92 高地步兵团中，只有他的连队参加了第二天的基尔贝克坎战役。一事成功，事事顺利。汉密尔顿因其出色表现而获得了杰出服役勋章。

1885 年尼罗河远征以悲剧收场，那之后，汉密尔顿回到印度，成为罗伯茨勋爵参谋部的一个副官。罗伯茨勋爵当时是马德拉斯陆军的指挥官。当时，步兵的步枪训练问题引起了广泛的讨论，罗伯茨勋爵决心做些事情来提高英国军队的射击水平。在他的书《印度的 41 年》中，他讲述了他和他的参谋官组成一队，与马德拉斯司令部指挥的兵团进行了许多令人兴奋的步枪比赛。汉密尔顿用步枪射击很准，而且向来对步枪有着浓厚的兴趣，他最先被委派的职位便是射击教官，这使得他占尽了优势，后来，罗伯茨勋爵成为印度总司令，他这位参加过伯马战役的副官被任命为助理步枪副官长。

1886年，他与佩思郡迪恩斯顿的约翰·缪尔男爵的女儿简结婚。他下定决心坚持军旅生涯，并以极大的毅力献身于军队。他将文学才华应用在军事领域，一本关于军队步枪的书出版了，名为《未来的战斗》。这本书写得很好，字字铿锵。虽然一本专业杂志更正了他的许多结论，但当时这本书吸引了大量关注。他还抽出时间写了其他的东西，他有很多传世遗作:《乘舢板旅行》讲述了他和哥哥在印度西海岸的一次巡航；他还写了大量的诗句，此外，他还有一两部其他作品。他保持并扩大了与文人的接触，尤其是与安德鲁·朗格，后者对他印象深刻，还为他写下了下面这些美丽的诗句：

致伊恩·汉密尔顿上校

你知道战争的面目，
你，为了英格兰征战远方，
你见过勇士飞翔
来自英国，并未发誓赴死的小伙子，
你躺在那里，致命的寒冷，
薄雾爬上那座可耻的小山，
一英里又一英里，你已征服，
不友好的尼罗河激流，

第八章 伊恩·汉密尔顿

> 为行军欢呼,缓解压力
> 当政治使勇气化为泡影,
> 伊恩,从河岸边,
> 我们为你派出英国人!

在步枪部做了许多有用的工作后,他成为了印度的一名助理军需官。从这个职位上,他进入了吉德拉尔远征队,因为他在通信线路方面表现出色,他被任命为巴斯指挥官。接下来,他成为了副军需官,很明显,如果他选择继续在印度服役,他最终将成为该部门的负责人。1897年爆发了边境战争。汉密尔顿奉命指挥蒂拉赫远征军的一个旅。他当时正在英国休假。他以最快的速度返回,接过指挥权,带领他的旅穿过科哈特隘口,开始了大进军的第一步。看来他的人生机会来了。他指挥着一支出色的部队,得到了将军威廉·洛克哈特爵士的信任。就在几英里之外,敌人在达盖高地上等待着这支前进的军队。第二天早上,他的马突然受惊。他被甩到地上,摔断了腿。士兵用轿式军用担架把这位准将送走,他的旅被编入另一个旅,他没有参加蒂拉赫战役。

伊恩·汉密尔顿以冷静的哲学态度接受了这种痛苦的失望。一天他在加尔各答对我说:"如果我继续指挥,也许会名誉扫地。"但很容易看出,失去这次机会,被迫不作为,他有多么难过。终于,他的腿好了一点儿。他说服医学委员会宣布他已痊愈。战斗仍在继续,然而前线没有空缺。他等了几个星期。之后不久,宾顿·布拉德爵士正准备进攻布内尔，他和汉密尔顿很熟，他要汉密尔顿负责他的通信线路。然而，印度陆军部设置了一些障碍，这一提议未能通过。到了2月，可以肯定部队要在春天和非洲人展开一场大战，于是，威廉·洛克哈特爵士决定用另一个准将取代肯普斯特将军，伊恩·汉密尔顿再次被派往前线。事实证明，对即将到来的战斗怀着希望或恐惧，是没有根据的。非洲人逐渐缴付了步枪的费用，支尔格人投降了。战斗实际上已经结束了。然而，汉密尔顿的旅部驻扎在巴拉山谷期间，发生了许多小冲突，他的谨慎和雄心壮志引起了人们的注意，他在此次战役中虽然只发挥了不大的作用，但威廉·洛克哈特爵士还是对他褒奖有加。

西北边境恢复秩序后，汉密尔顿被任命为印度的军需总长，这是一个临时职务。然而，出于对国内就业的焦虑，以及充分意识到不要与任何特定的军事集团过从甚密，他拒绝了这一重要职位，回英国休假一年。过了一段时间后，他被任命为海斯步枪学校的司令官，从这个职位上他两次被召回担任旅部指挥官。1899年9月，乔治·怀特爵士被派往纳塔尔省，汉密尔顿作为助理副官陪同前往。因此，陆军部有权为他的成功而引以为傲，因为陆军部最初任命的军官里没有几个可以为陆军部增添光彩。

伊恩·汉密尔顿在布尔战争中所起到的作用是众所周知的，在这里只要捎带提及便可。他表现出了神奇的能力，指挥部队与敌人短兵相接，实际上从战斗一开始，他就指挥着一个旅。正是汉密尔顿有如此大的影响，才抵消了英勇的佩恩·西蒙斯那令人震惊的乐观情绪。是汉密尔顿在塔拉纳山战役的前两天，在夜间率领部对布尔人的营地展开刺刀进攻。弗伦奇委任汉密尔顿负责部署伊兰德斯拉格特的步兵和炮兵，汉密尔顿安排了这次进攻，集结了战线，领导了对布尔人战壕的最后冲刺。在伦巴第克普战役之后，当军队狼狈溃退至莱迪史密斯，汉密尔顿率旅部进行了周密的部署，阻止了敌人乘胜追击。在守卫莱迪史密斯期间，汉密尔顿率部坚守凯赛尔营和瓦贡山。他因为没有在这些阵地的外围山脊筑防御工事而受到媒体的谴责，而且，1月6日以后，军队中有人说，这种忽视造成了不必要的生命损失。这种批评有多离谱，我现在不打算研究。反对加固外山脊的理由是，在那里进行大型工程，会引来敌人的炮火；而保卫这一地区的帝国轻骑兵说，他们更喜欢利用天然岩石作为掩护。读者最好等到关于纳塔尔战役的严肃历史著作出版，再做评判。目前，所有的叙述都是基于不完全的证据，我也不认为有人写出了战斗的全部真实经过。

不管这个问题的正确答案是什么，可以肯定的是，1月6日伊恩·汉密尔顿以他个人的英勇和军事领导能力，恢复了瓦贡山的局势。确实，这是一场荷马史诗般的竞赛，英国将军和自由邦的指挥官普林斯罗在5码射程内向对方开枪，舰炮炮眼周围进行了激烈血腥的斗争，还有德文斯的胜利冲锋，这一切以后可能会被认为是整个战争中最引人注目的场景。

莱迪史密斯解放后，罗伯茨知道到哪儿去找他要找的人，便派人去找汉密尔顿，这让雷德弗斯·布勒爵士很不高兴，他提议把这位好军官留下来，让他指挥自己的一个旅。汉密尔顿一到布隆方丹，就被委以组织步骑兵师的重任，这样一来，哪里有需要，他就可以方便地前去。至于其他事件，后文中还将提到。

萨金特为伊恩·汉密尔顿画的那幅精美肖像被用来当作本书的卷头插画，从中可以看到他中等身材，瘦削，眼神敏锐，仪表堂堂。他那高度紧张的性情让他那看似孱弱的身体显得充满生命力，赋予他的所有动作一种狂热的能量。他的思想中有两种品质很突出。他能迅速做出理智的判断。他对所有问题都持非常独立的观点，有时略有偏爱激进和民主这两方面，但从未或几乎从未受到与他生活在一起的人的影响。他是一个有很大个人魅力的伙伴，他从来不会因为内心的波动或外界的干扰矛盾而生气或烦恼，他的朋友和那些曾在他手下工作过的人，将为他做证。他有一种令人愉悦的表达天赋，在语言上有很好的品位，以及从文时代就保留下来的好奇心和敏锐的洞察力。但我们应该从整体判断他。他思想广博，心胸宽广，有着坚定的信念，能够从全军角度进行思考，如果有必要的话，还能从整个大陆的基础上进行思考，他总是可以冷静地工作，不受责任或危险的干扰。他有着长期的战争经验，此外，他勇气可嘉，擅长指挥作战，在军队里享有很高的声誉；这位未来的总司令信心满满，感情充沛，他的好运气帮他度过了很多危险；他的最大优势是他相对年轻，很明显，在未来几年内，无论是在和平时期，还是在战场上指挥千军万马，对于英国军队的管理，他都将大有作为。

第九章　霍特纳克之役

温堡，5月8日

伊恩·汉密尔顿奉命从温堡的塔班丘向北进军，途经雅库布鲁斯特，如果没有遇到阻力，预计他将于5月7日到达目的地。他率部从塔班丘出发，这支部队包括史密斯-多里恩的第19步兵旅、里德利的步骑兵旅和两排炮兵；但在雅库布鲁斯特，他将得到强大的增援，包括布鲁斯-汉密尔顿的第21步兵旅、布罗德伍德的骑兵旅、两门野战炮和一门马炮，以及两门5英寸口径的大炮。增援后，他的部队人数将增加到总共7500名步兵、4000名骑兵和32门大炮，对于一个还没有来得及摘下上校徽章的军官来说，指挥如此一支庞大的军队，实在是不同凡响。然而，他首先要做的是抵达雅库布鲁斯特，与布鲁斯-汉密尔顿部会合。

4月30日黎明时分，塔班丘纵队开始行军，在距霍特纳克普尔特不到三四英里的地方，敌军突然亮出了他们的野战炮和机关炮，并从东面远距离向行进部队的右侧开火。上校班布里奇率领第7步骑兵军团转向，以牵制这股敌人，同时，德·莱尔率领第

6兵团和新西兰人勇敢地以最快速度向前推进，并控制了山峡以南约 2000 码处的一个制高点。莱格上校在向左前路行军的途中注意到托巴山上的敌人实力很弱，于是命令基奇纳骑兵进攻，这与将军即将下达的命令不谋而合。这些部署是由各步骑兵军官主动做出的，以便谨慎地看待战事。

霍特纳克山口由两道长满草的平行山脊构成，山脊被一个宽一英里多一点的平坦浅谷隔开，没有适于藏身的地方。在东面，山口向上连接陡峭的岩石小山，连绵不断的石壁向敌人的主要阵地延伸。不可能攻破布尔人阵地的中路和左路。荷兰人的右翼也是牢不可破。山口西边耸立着巍峨的托巴山，那里是一个崎岖不平的战场，比起英军，布尔人更能适应那里。然而，那个地方位于汉密尔顿比较安全的侧翼，敌军的其余阵地基本都在那里，可以让骑兵绕过去，而且将军决心向那里发动进攻，这是唯一的办法。

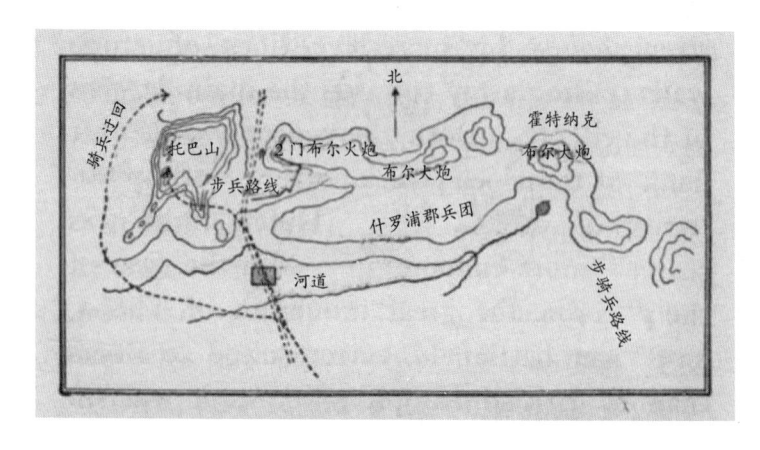

霍特纳克之战示意图

第九章　霍特纳克之役

9点30分，步兵开始出现，10点，布尔人的阵地已经被占领。汉密尔顿看到基奇纳骑兵在托巴山站稳了脚跟，便命令史密斯-多里恩将军带领部分旅团部队去支援他们，将军奉命行事，两个连的什罗浦郡兵团、戈登高地步兵团、四个连的加拿大兵团相继顶着敌人的猛烈炮火，向那座山发起攻击。这实际上是调遣了全部部队，很快，整条战线上都开始交火，步骑兵控制了敌人的右边和右后方，康沃尔守卫物资，史密斯-多里恩旅的一半部队牵制敌人的正面防线，另一半与基奇纳骑兵侧面攻击托巴山。布尔人一了解到英国人在托巴山的部署，就竭尽全力重新夺取并坚守这一重要阵地。起初，部队取得了良好的进展；但是，随着敌人不断得到增援，抵抗变得更加猛烈，不久后，他们不但没有取得进展，反而开始连连败退。最后，下午2点钟左右，大约150名德国人组成的布尔军团从托巴山北部出发，排成四列纵队穿过平坦的山顶，把英军赶下了山。他们井然有序，直到看到他们的步枪指向南方，英军才认出他们是敌人，才开始使用大炮向他们开火。尽管受到了炮弹的精确打击，他们仍然继续向这座山的最高部分挺进。与此同时，戈登高地步兵团的陶斯上尉带领他团部里的12个士兵和10名基奇纳骑兵，在一个小丘的掩护下，不断地向敌人移动。托巴平原这个广阔舞台上的这一幕颇具戏剧化。全军都是见证人。

这两支队伍比例失衡，向彼此靠近。他们都看不见对方。意想不到的碰撞降临了。每一个角度都有人举着望远镜观察，甚至连久经沙场的士兵也屏住了呼吸。双方突然碰面，相距只有50码。德国人已经俘虏了6名俘虏，他们大声呼喊，叫陶斯上尉和他的小队投降。陶斯上尉是怎么回答的并无记录；但是，突然爆发了一阵猛烈的步枪射击，不到一分钟，敌军的长队就开始慌忙后退，山顶被英军占领。在这次遭遇战中受伤的外国人中，有马克西莫夫上校。

陶斯上尉凭借他那引人注目的英勇行为和所取得的非凡成绩，被授予了维多利亚十字勋章；但是，他虽然获得了对一名士兵而言最珍贵的东西，却失去了幸福生活的必要之物。因为在他勇敢作战之际，一颗子弹从侧面击中了他，导致他双目失明，就这样，他的军事生涯终结了。苦难和欢乐在战场上总是并驾齐驱。

整个前沿阵地上，步枪和炮火一直持续不断，随着天色渐渐变暗，没有英军进攻托巴山，敌人纵队右侧集结的人数越来越多，摆出一副威胁的架势。到下午4点，至少有1500人集结起来，他们有大炮和机关炮，并向殿后部队和运输部队开炮。然而，汉密尔顿下定决心要取得胜利。他命令所有部队都要在前方设置岗哨，并躲在黑暗的地方休息，准备在黎明继续战斗。然后，他给弗伦奇将军打了电报请求援助，他急需更多的骑兵部队。

5月1日拂晓，战斗又开始了，6点钟过后，戈登高地步兵团和加拿大兵团成功地占领了托巴山的两座山峰。除此之外，半个连的什罗浦郡兵团在斯孔塞上士的指挥下，攻下了两座山峰之间的山峡，此外，他们遭到了猛烈的交叉火力攻击，40人的小队中有10人伤亡，但他们顽强地坚持了4个小时，获得了可以压制平坦山顶的位置。

与此同时，从塔班丘出发的增援部队已经到达，包括第8轻骑兵团、一个混编枪骑兵团、东约克郡联队和一个战地炮兵连，布鲁斯-汉密尔顿的部队也即将从克兰兹·克拉尔方向赶来。伊恩·汉密尔顿将军命令克罗威上校指挥骑兵向右绕过托巴山，袭击布尔人的撤退路线，作为步兵主攻的预备和辅助，而步兵主攻现在看来已势在必行。克罗威的部队得到了一个骑兵连的增援。新到的步兵和野战炮兵连不得不转向支援右后方，那里的压力现在非常大。

上午8点左右，史密斯-多里恩将军登上托巴山的山顶，亲自指挥这次决定性的行动。将近下午1点钟的时候，由于骑兵的进展情况令人满意，他决定结束战斗，这样一来，如果顺利的话，这支部队就可以在天黑前带着辎重翻过山口了。因此，他让一队步兵前往高原的正对面，两个连队的什罗浦郡兵团在中间，一个半连队的戈登高地步兵团在两侧。进军号吹响了。

部队迅速向前推进。有那么一会儿，交火十分激烈，但是布尔人知道自己已经被打败了；士兵们欢呼起来，他们冲向他们的马，策马拿下了整个托巴山。现在阵地的其余部分已经守不住了，4000名敌人迅速向雅克布鲁斯特的方向撤退。

只有第8轻骑兵的几支部队距离很近,可以发起冲锋;6名荷兰人被军刀刺死,其中一名被军官维兰中尉射杀。向右进攻的布尔人与他们的同伴同时撤退,运输队不再受到骚扰,安全地通过了山口,停在北面过夜。对于敌人的损失没有可靠的估计;但他们有20人被俘,在他们的阵地上发现了同样数量的尸体。

幸运的是,考虑到猛烈的火力及其持续的时间,英军的伤亡人数并不多,没有超过100名官兵。

第二天,纵队会合,伊恩·汉密尔顿的部队集结成右翼军队,组成如下:

步兵:(第19旅)史密斯-多里恩

(第21旅)布鲁斯-汉密尔顿

步骑兵:(第1步骑兵)里德利

骑兵:(第2骑兵)布罗德伍德

火炮:

(3门野地炮)

(2门骑兵炮)

(2门5英寸大炮)

第九章 霍特纳克之役

这支部队得到了科尔维尔将军率领的高地旅和两挺4.7英寸海军炮的支援,科尔维尔将军奉命拉开10英里的距离,跟随第1纵队。汉密尔顿建议5月2日继续前进,但指挥部的命令阻止了他的前进;直到3日下午,汉密尔顿才率部到达雅库布鲁斯特,这是当地居民的叫法,在我们的地图上,这个地方叫伊莎贝拉方丹。在营地附近发生的一场骑兵小冲突导致一名长矛轻骑兵死亡。

5月4日,全军再次向前推进,罗伯茨勋爵穿过勃兰登堡市,向斯茂德尔进发,汉密尔顿则继续向温堡进军。这一天也发生了几次战斗,部队刚离开营地,就有一声枪响警告将军他的骑兵已投入战斗。他骑马向前,目睹了一场非常英勇的骑兵进攻。敌军在行军线上集结了一支强大的部队,估计有4000人和13门大炮。敌军据守在树木繁茂的悬崖上,位置十分有利,看来汉密尔顿的军队白天要打一场硬仗了。但是,突然从布兰福特的方向又出现了一支布尔人的军队,他们骑马疾驰而来,与他们在路对面的部队会合,袭击纵队的左路。

这场战事很紧急,而且可能至关重要。但是,在布尔人快速汇聚的部队之间,在他们会合的角度上,有一道很长的山脊,但究竟多长并不确定。布罗德伍德将军立刻带着两个中队的警卫骑兵和两个中队的第10轻骑兵团,毫不迟延地向前飞奔,控制了那片山脊。布尔人已经爬上了较低的斜坡。一场激烈的战斗立即打响。基奇纳骑兵急急忙忙上山支援，占据了山脊的另一个点，荷兰人在坚决但徒劳无功地试图夺取那座山后便后退了。布尔人的两支部队没能成功会合。他们一天的计划似乎都是基于这第一条件，一支军队里的每一个士兵都必须清楚计划的细节，在战场上进行新部署并不容易。

事实上，一种恐慌似乎攫住了敌人，他们没有等待步兵攻击，让战事进一步明朗，便以极快的速度逃跑了。欢迎英军的英国农场主告诉我，骑兵、大炮乱成了一团，只不过是被马炮轰炸，敌人就已经溃不成军了。

在这次短暂的战斗中，英军损失并不大，而且伤亡的几乎全部是骑兵。在山脊交火的几分钟内，大约有12名士兵中枪。埃利勋爵的手臂受了轻伤，皇家骑兵卫队的罗斯中尉身亡。他奉命去侦察山那边的情况，发现致命的步枪兵正趴在那里，等着受害者自动送上门来。他中了几颗子弹，半小时后就身亡了。

这个军官是一个充满热情的士兵。虽然他的私人关系可以使他过上安逸享乐的生活，但几年来他一直致力于军旅事业。在蒂拉赫战役期间，他以志愿军的身份去了印度，担任佩恩·西蒙斯爵士的参谋官和副官，表现优异，现在，他已经不在了，就像是一艘快船驶过后尾迹泡沫消失了一样！他从印度赶赴西非，在那个邪恶和危险的地区建立起了良好的声誉；事实上，如果没有发生另一场战争，他即将因为在那里的战斗中表现优异而获得金十字英勇勋章。不到一个月前，他来到开普，充满了希望和活力。这就是他的结局；虽然这是一个士兵必须准备好面对的，但人们将深切同情他的父亲，因为公共需要，他献出了两个勇敢的儿子。

布尔人穿越欢迎农场逃跑，手忙脚乱，士气低落。英军虽然知道这一点，但见到韦特河后面悬崖上的阵地如此牢固，布尔人却一枪不开就逃走了，他们还是十分惊讶。然而，事实的确如此，汉密尔顿在6日早晨继续前进时，发现他和温堡之间没有敌军。

因此，中午后不久，他派参谋贝尔福上尉打着休战旗去给镇长送信，要他立即投降，交出镇子和所有储备，并且在信中承诺，只要镇子投降，他就将拼尽全力保护私有财产，军队拿走任何东西都会付钱。这则消息通过号角声适时发出，他还在最后提到，如若两小时内不接受，就视为拒绝。

贝尔福上尉就这样进入了镇子，很快就成了聚集在市场广场上的一群市民和其他人的中心，这些人既焦虑又兴奋。镇长、地区主要行政官的和其他知名人物（事实上是所有居民）急于为自己获得良好的条件，就在英军和镇长几乎已经安排好一个令人满意的解决办法之际，菲利普·博塔率领500名突击队员快速从东北方向抵达，他们大都是德国人和荷兰人，还没吃过败仗，所以很好斗。

随后发生的事充满了暴力和激情。博塔宣布，他决不会不战而降，拱手交出温堡。他对贝尔福上尉对他的致意感到不满，便愤怒地转向他，狠狠地骂了他一顿。几个自由邦的居民问如果他们放下武器会怎么样。贝尔福回答说，他们将被允许回到他们的农场。（博塔违反了战争法，他还指控贝尔福企图收买他的市民。对于贝尔福不应该沦为俘虏这事，他本人是怎么说的呢？"我不向荷兰人求情。"贝尔福严厉地回答。）

"抓住他！"博塔愤怒地喊道，"我很快就要开始射击了。"听到这些可耻的话，人群开始骚动起来。妇女们尖叫着，镇长和地区主要行政官员冲向前去，希望能避免流血。布尔人举起来复枪以示威胁，手无寸铁的英国使节愤怒地挥舞着白旗。

有那么几分钟，似乎要发生一场真正的混战，也可能是一场悲剧。但镇民知道他们的自由和财产掌握在那位帝国将军的手中，巨大的攻城炮甚至都被拉到了有效射程内，镇民的影响力占了上风，菲利普·博塔带着他的人疯狂地从广场向北逃跑了。

那天下午，伊恩·汉密尔顿将军率领部队进入温堡。在城外一棵阴凉的树下，镇长和地区主要行政官向他们投降，并递上了两把大银钥匙。英国国旗在市场升起，英国居民欢呼雀跃，每个营穿过大街时都看到了这骄傲和权力的著名象征在夕阳的光线下鲜艳夺目，微弱或感兴趣的喝彩淹没在了获胜军队的大声喝彩中。

如果没有遇到抵抗，汉密尔顿预计在 7 日到达。他几乎每天都在战斗，并在 5 日晚上到达了小镇。

第十章 右翼军

克龙斯塔德，1900年5月16日

在伊恩·汉密尔顿的部队赢得霍特纳克之战的同一天，即5月1日，主力部队的比勒陀利亚之征开始了。这是一段期待已久、准备已久、拖延已久的征程。第11师从布隆方丹向北进发，前去与驻扎于卡里铁路岔道处的第7师会合。3日，这两个步兵师开始沿铁路线前进，戈登的骑兵旅和哈顿的步骑兵负责保护他们的左侧。在一阵对布兰德福德镇的猛烈炮击后，他们把布尔人从防卫该镇的所有阵地上赶走了，并进入了该镇。5月5日，他们继续前进，途中再次遭遇了敌人。这一次敌人控制了维特河防线。于是，又一次炮击开始了。口径为5英寸和4.7英寸的火炮非常有效地打击了敌人。最后，哈顿步骑兵队伍中的西澳大利亚士兵和部分其他士兵，勇猛地冲过了河，并占领了一个重要的小丘。荷兰人撤退之后，陆军元帅的指挥部驻扎在了斯摩迪尔。自从离开布隆方丹后，他的损失还不到25人。

尽管伊恩·汉密尔顿的队伍已经走了很远的路程，但是为了夺取北面20英里处桑德河对岸的浅滩，他们没有迟疑，匆匆从温伯格出发，沿着通往文特斯伯格的路继续向前挺进。在此番前进中，他的队伍非常快，速度超过了布尔人。（为了与正在聚集的克龙斯塔德民兵队会合，跟英军队伍并行，甚至落后于英军的布尔人车队在拼命地赶路，徒劳地尝试着从我们的前方横穿过去。）汉密尔顿将军之所以选择立即出发——尽管时间很紧——是因为他希望不费一兵一卒地穿过桑德河，同时也希望能阻击布尔人的部分运输队。于是，在亨利·科维尔用骡车提供的无私帮助下，他的部队从温堡搜集了大约3天的补给，随后于6日下午开始出发，朝桑德河方向前进了9英里。

但是罗伯茨勋爵决定留在斯摩迪尔，等待横跨维特河的临时桥修好以及铁路通车之后再行动。布尔人一定会集中所有兵力攻击单独前进的汉密尔顿队伍。罗伯茨勋爵没有选择让他的任何一个师去冒这样的风险。原则是不容争论的；当然，坚持原则也带来了相应的问题。行动的延迟给了敌人喘息的机会，这意味着他们将在桑德河对岸建立防线。另外，就算布尔人集中所有兵力扑向汉密尔顿的队伍，我们也能击败他们并使其遭受惨重损失，因为我们有7000名步兵、3000名骑兵以及近40门火炮。对我们而言，等待是一件非常可惜的事情；但是对统帅来说，等待一定是一件不值一提的小事，当然，更不会使总体计划丧失协调性。因为在他眼里，战线从塞内卡尔附近的朗德尔开始延伸，然后经主力部队的前方，延至博斯霍夫附近的梅休因，再到沃伦顿的亨

第十章 右翼军

特，最后连接到遥远的喀拉哈里沙漠边缘的马洪；而右翼军只是这条漫长战线上的其中一支队伍。因此当他命令我们 7 日和 8 日暂停前进时，我毫不怀疑该决定的正确性。

在这两个休息日的头一天，罗伯茨勋爵派人通知汉密尔顿将军前往温伯格至斯摩迪尔铁路支线的中点跟他见面。他们在那里进行了一次长时间的私密会谈。9 日，整支军队再次向桑德河进发。我骑马跟着汉密尔顿将军走进了右侧护卫队的骑兵侦察队中间，然后用望远镜看到东面有 3 条长长的灰尘尾迹。经过仔细观察，那是布尔骑兵和马车队伍，正迅速向北移动并渐渐向我们前方靠近。显然，如果我们没有停留的话，这些民兵队伍将无法到达克龙斯塔德。将军如饥似渴地注视了他们一会儿，无奈没法对他们展开攻击，因为双方距离太远了。不过，侧面的侦察队还是跟他们对射了几枪。

此次行军的路程不算太远。我们于中午到达了桑德河南面一英里处的停留点。指挥部设在了我们追踪的马车轮轨迹旁边的一座大型农场里。

这所农场房屋无疑是我在自由邦骑行过的 500 英里范围内见过的最纯粹的荷兰式房屋。该建筑是一座带走廊的大型方形建筑，走廊很宽敞。房屋前面有一个美丽的花园，周围有几栋谷仓和马厩。附近小溪上的水坝拦截的水形成了一个很宽的池塘，看着让人心情愉快。很多肥美的野鸭和野鹅游到水塘里躲避四处走动的士兵。农场的后面有一条茂密的枞树地带——事实上，除了前面其他三面各有一条。房子的第一层被分成了三间舒适的卧室,一间整洁而宽敞的客厅,一间厨房,一间餐具室和一间储物室。卧室里的床架是古雅的木质床架,床上有老式的羽毛床垫。最值得注意的是客厅,里面有数量众多的深色家具,地板的颜色非常浓重;中央有一张优质的地毯,上面摆着一张椭圆形的大桌子;墙上挂着一些奇怪的画卷或彩图,以及几张荷兰语横幅。我记得其中一张彩图描绘了男人和女人生命中的十个阶段,展现了两者从生到死的每一个时期——从出生到安详的100岁。其中,女人的命运尤其顺遂。刚出生时,她满足地躺在摇篮里,慈爱的父母弯着腰欣喜地看着她,天使们尽职地悬浮在天上。10岁时,她滚着铁环,奔跑着。20岁时,她依偎在一位模范恋人强健的肩膀上。30岁时,她在教7个孩子识字。40多岁时,她庆祝了银婚。50岁时,仍显年轻、仍然容光焕发的她参加了孙子的洗礼。60岁时,她有了曾孙。70岁时,她享受着自己的金婚。80岁时,她面带微笑地织着毛衣。即使到了90岁,她也仍然很健康。当100岁这个不可避免的终点到来时,她没有理由会抱怨自己的命运。对面墙上的一张横幅上的荷兰语意为"枝繁叶茂"。十几个黑皮肤和白皮肤的孩子(黑人孩子是仆人的儿女,他们在跟农场主的儿女玩耍)说明"枝繁叶茂"的精神得到了遵守;这些战争地区里的孩子将成为政客们不得不认真对待的群体。

农场里住着一位60来岁的、可敬的老先生,以及比他小几岁的夫人,一个其貌不扬的未婚的妹妹,三个已经成年的女儿。他总共有7名儿孙,其中两人已经结婚并拥有自己的农场;但是他们在数次战争中纷纷加入了民兵队,其中一人甚至才14岁。也许,他们

第十章 右翼军

当中有的人正在桑德河对岸的某个高地看着我们以及他们的家。

将军礼貌地请求他们提供住宿。他得到了一间卧室,并且可以使用客厅。他们并不是很热情,但是这一点儿也不奇怪。参谋们把自己安顿在了走廊上,以免打扰了这一家人。汉密尔顿对所有的事物都有强烈的兴趣,他立即开始通过翻译员向那位老夫人提问。她没好气地回答了他的问题。当将军问及她那位14岁的、好战的小儿子时,她脸上的怒色表达了她的情绪。于是当天的谈话便结束了。次日,就在过河之前,将军因事不得不回到驻扎在农场旁边的电报帐篷,于是抽时间再次见了她。

"跟她说,"他对翻译说,"我们已经赢得了今天的战斗。"

她听后不无尊严地低下了头。

"告诉她,荷兰人肯定会输掉这次战争。"

没有回应。

"她的儿子们可能会被俘虏。"

还是没有回答。

"叫她把她小儿子的名字写在纸条上,然后给我的副官;如果他被俘虏了,她必须写信给我或给司令官,我们会把他送回来,不会关押他。"

她对此有些动容,并表示希望将军在她家里没有感觉到不适。由于炮声仍在轰鸣,他不得不赶快离开。但是他把副官留下了,等她写纸条。

当我们在这个简单舒适的家庭停留的时候,我仔细地察看了这座农场，尤其是客厅。我在客厅里发现了一本有趣的书。该书是一本由赖茨先生整理的民谣和诗歌集，其中有一部分是他自己创作的。后来我在文特斯伯格买到了一本，其实，此书的流传很广。第一部分内容为布尔人的爱国主义诗歌，如《民歌》《马尤巴之战》《莱恩斯山口之战》以及其他类似主题的诗歌。书的后半部分内容是被赖茨翻译成南非荷兰语的著名英语歌谣和小曲，包括《约翰·吉尔宾》《年轻的洛青瓦》《行政长官》等。约翰·吉尔宾不仅是一位有名望的公民，也是著名的布隆方丹市的一名政府官员；年轻的洛青瓦来自博斯霍夫地区；温伯格地区行政长官的女儿找到了一位爱人，他的忠贞度不输著名的伊斯灵顿情郎。书里的插图非常有趣。在《约翰·吉尔宾》的插图中，年老的政府官员吉尔宾称自己为"扬·杰金斯"，他骑着一匹拉着车的巴苏托马，在类似文特斯伯格的街道上狂奔，穿行于缓慢移动的人流。他的宽边软帽挡住了他的双眼，他的白胡子在风中飘舞。他高贵的夫人和四个孩子以及一名黑人在挥着手，脸上流露着好奇和讥笑的表情。

其中一首歌谣这样写道：

Engels！Engels！alls Engels！Engels wat jij siet en hoor.
Ins ons skole, in ons kerke, word ons modertaal vermoor.[1]

---

[1] 英语！英语！全是英语！你喜欢的、你听到的英语。在我们的学校里，在我们的教堂里，我们的语言遭到扼杀。——编注

第十章 右翼军

虽然我不会荷兰文,但是书中表达的意思和观点很明确,即使不掌握这门语言也能理解。

赖茨做了一段时间的自由邦的省长,现在是德兰士瓦的秘书。他很有远见,也很勤奋。作为本土文学的奠基石,此书的出版只是一个长期计划的其中一步。他们以不知疲倦的精力、坚持不懈的毅力,年复一年地贯彻执行着该计划,为的是在南非建立一个新的荷兰人国家。最终,该计划导致我们的大军来到了这个宁静的农场,制订和实施计划的人则四散奔逃。但是他们下的是一场怎样的棋局啊!只要多一点耐心,少一点骄傲和过度自信,该让步时让步,尽量给自己赢得时间,那么总有一天,一个伟大的荷兰共和国会诞生,"一个更富有的阿姆斯特丹将会被建立起来,一个更有学术气息的莱顿将拥有更好的学校。"最重要的是,这里没有烦人的恩格斯。

正当我思考这些事情的时候,几名通信员从东边赶了过来,同时还有枪声从那边传来。他们带来了布尔人小队正在进攻右翼卫队的消息,汉密尔顿并没有因此而放弃去见统帅,我们也没有因此而离开农场里凉爽的走廊。但是大约3点钟,当50来声快速、连续的枪声在几乎不到500码的地方突然响起的时候,所有人都急忙站了起来,抓起手枪和皮带冲了出去,看看发生了什么不幸的事情。我们看到了不寻常的一幕:一群羚羊——肯定不少于700或800头——像瀑布一样从山坡上倾泻而下。发现自己进入营地后,它们陷入了恐惧和疯狂,然后急迫地寻找着出路。被这一景象吓坏但又渴望野味的士兵们,随即展开了一阵狂乱并且非常危险的射击,直到15到20头羚羊被打死才停止。其间,一名澳大利亚步骑兵的腹部受了伤。刚开始大家以为他伤得很严重，更有传言说他死了；但是幸好，他只是被子弹擦破了皮。

经过这样的干扰之后，我想我也许应该去前哨线看看情况。当我到达位于山脊旁边的两门火炮那里时，军官们正在讨论。在桑德河对岸的两座小山丘旁边，有一支人数众多的布尔民兵队伍。他们刚刚才从我们前进的队伍的东面过去。绕过我们的警戒队，他们得以在河对岸安顿、休息和恢复体力。

借助于望远镜，我们可以清楚地看到他们在平坦的草地上的分布情况。那里有大约150名布尔骑兵、5驾牛车和2门火炮。他们的马正在吃草，但是背上的马鞍并没有卸下；而人正躺在或坐在草地上。显然，他们以为自己的位置在我们的射程之外。炮兵中尉不太同意这样的看法。站在他旁边的殖民地步骑兵团的军官们以近乎愤怒的语气表示，炮兵们将搞砸这次机会。炮兵中尉迫不及待地想要向对岸开炮——"我真的认为我们可以打到那帮蛮兵"。但是同时，如果向超出以往射击范围的地方射击，他也害怕自己会惹上麻烦。他的测距员说："6000码。"考虑到当天天气晴朗，我本该想到可见度会更高。最终，他决定试一试。"瞄准5600码的位置，让我们看看还差多远。"于是，炮兵们调高炮口，发射了炮弹。让我们惊讶的是，炮弹远远超过了布尔民兵队伍所在的位置，炸在了近500码之外的更远处；惊讶的不只我们，他们也是。那些布尔人立即开始向其他位置转移。他们跑向自己的马并骑了上去，然后在一阵不断扩散的灰尘中飞奔而去。他们的火炮在全速往前面的山上赶。牛车躲在了附近的一条干沟里。

第十章 右翼军

同时，炮兵中尉对自己冒险取得的成功感到很满意，他用炮火追击了这些目标。他的2门火炮至少向敌人发射了12枚炮弹，取得的实质战果是：炸死了一匹马。通常，如果我们向敌人展开这样的炮击，我们会说那是在浪费弹药；如果敌人对我们展开这样的炮击，我们会说那是在扰人清静。毕竟，在长途跋涉之后，谁乐意自己刚安顿下来正要休息时就被炮火搅扰？另外，在炮火的追击下急跑了1.5英里之后，谁还能打好第二天的仗？即便取得了这样的战果，我们还是失去了一次机会。我们本该悄悄地沿着山脊拉6门甚至12门（要是手边有的话）火炮过来，然后给它们装上定时爆炸的榴弹，向5000至6000码之间的地方开炮。如此一来，我们就可以对敌人造成身体上和精神上的影响。"呸，"炮兵里的科学炮手说，"如此一来，你就会用掉50枚炮弹，累坏你的兵，惊扰你的马，最后只能击中十几个饭桶，吓跑150个饭桶。炮兵可不是这样用的。"然而，不管炮兵是怎样用的，这就是战争，这就是赢得战争的方式。在敌人畏缩之前，你得骚扰、激怒、折磨他们。一旦他们害怕你甚于你害怕他们，你就会取得胜利；不管怎样，如果50发炮弹可以让胜利加速到来，那就肯定不是浪费。

尽管河对岸矮灌木丛中的荷兰狙击手逐渐使我们的警戒队卷入了枪战，但是下午过得很平稳。傍晚，结束与罗伯茨勋爵的会面之后，将军回来了。他告诉我们，次日将全线进军并强行过河。右翼军将穿过前方最近的水流。第7师正在向他们的右边移动，他们将列队于我们的左侧。陆军元帅将带着卫队和波尔-卡鲁师的其余人员，沿铁路线向北进军。弗伦奇将带领两支骑兵旅和哈顿步骑兵旅绕过敌人的右侧，然后向文特斯伯格的铁路岔道进发。一旦布尔人的正面被击破，我们右翼军中的布罗德伍德旅将随即带领第 2 骑兵旅以及像第 2 步骑兵旅这样的可抽调的队伍，冲入敌军的防线，然后与弗伦奇会合。这样也许可以孤立并包围布尔人的右翼。下图——不是地图——将有助于读者理解该计划。

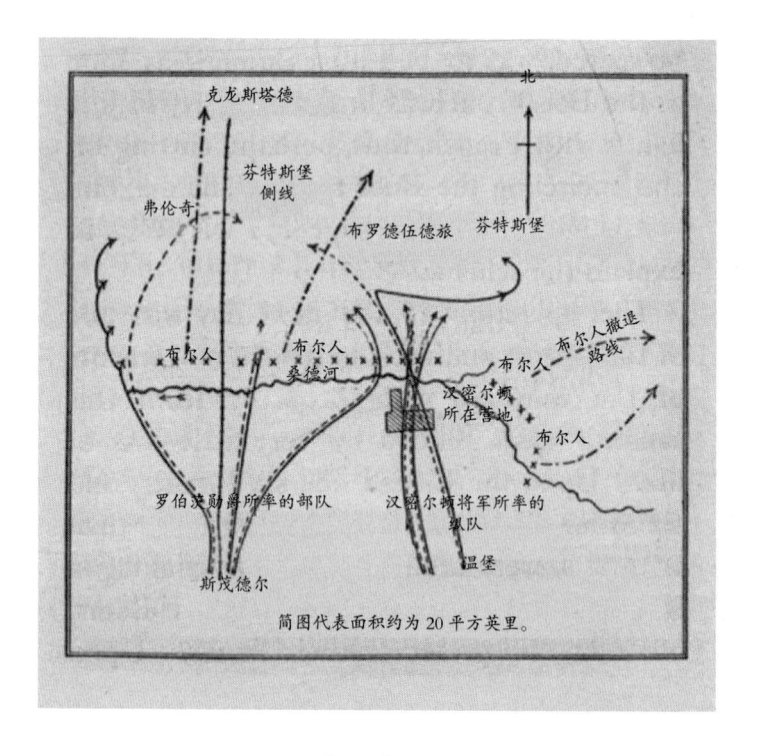

1900 年 5 月 10 日，
横渡桑德河行动图解。

第十章 右翼军

芬特斯堡

虚线代表计划中的行动，实线代表已完成的行动，叉号代表布尔人。

次日的兵力调动是本次战争中规模最大、涉及范围最广的兵力调动之一，但是可能就是因为这样，此次行动造成的死亡人数才非常少。英军出动了6个步兵旅、6个骑兵旅，以及超过100门火炮，形成了一条超过25英里的前线。但是布尔人还是保住了自己的两翼。他们在西面成功挡住了弗伦奇，在东面围住了汉密尔顿的左面和后面。所以，汉密尔顿在这里的作战方针是突破，而非围攻。此次作战刚开始就像后来发生在钻石山的战斗一样。他的部队总共不到9000人，另外还有25门火炮。然而，就是这样一支稀疏但部署出色的部队，让敌人的整条防线都变得脆弱不堪。敌人的防线到处都被我们突破，就像用一根铁棍击破薄薄的冰块一样，毫无悬念。

10日晚上，沿桑德河岸展开的英国军队形成了一条长长的战线。这个位置刚好处于更远处布尔人的火炮射程之外。当然，弗伦奇并不满足于掌握铁路西侧12英里处的浅水河段，他还让他的两个旅在天黑前过了河。人们就这一举动的明智性展开了争论。一方面，有人表示该举动暴露了总司令的意图，也在第二天给他自己招来了更顽强的反抗。另一方面，有人辩称，他在敌人没有反抗的时候过河是正确的决定，不管他们在河的哪一侧，总司令的意图都会暴露。位于战线另一端的汉密尔顿当晚则用一个兵团夺取了他前方的过河点，随后该兵团立即在自己的周围挖了战壕。塔克怀着同样目的派柴郡兵团从那个过河点的附近过了河。执行该任务只要一个兵团就够了；而且事实证明这一举动是重要且明智的：为了占领河岸以及控制过河点，敌人当晚派出了400人，结果发现自己晚了一步。

11日黎明时分，敌人对整条战线展开了攻击。我只关注汉密尔顿的右翼军的行动；但是为了让大家了解这些行动，我必须提及其他部队。弗伦奇的部队天一亮就出发了，几乎刚动身就跟一支强大的布尔人部队发生了战斗。那些布尔人挡住了他们的去路，阻碍了他向铁路靠近的计划。他的骑兵队伍展开了猛烈进攻，布尔人进行了顽强的抵抗。敌人的南非欧裔骑兵部队——一支强大的雇佣军——与迪克森的旅进行了近距离的战斗，遭到了迪克森的冲锋攻击。弗伦奇一整天都在坚持他的计划，但是他们朝铁路方向几乎寸步难行，而北面的战线却在慢慢推进。尽管在傍晚时分他的部队伤亡人数已经过百，但是他距离文特斯伯格的铁路岔道还有很长的路。当两翼的部队向前迈进时，中路部队等了一段时间。他们于当天早上用火炮——大部分是重炮——对敌人进行了炮击。但是，塔克和汉密尔顿遇到了敌人坚决的抵抗，很快便与敌军发生了激烈的战斗。

汉密尔顿的部队于5点半开始了战斗。在他的步兵和骑兵

第十章　右翼军

前进时，重炮兵从容地轰击了对面的高地。前方是几条长满草的山脊，布尔人沿这些山脊建立了一条防线。其间有几座山丘，它们的山坡长达一英里，从河边开始缓缓地上升到山顶。但是除了要攻击前面的目标，我们的右方和右后方也要面对控制着整个东部地区的布尔人的袭扰。尽管在福尔少校的指挥下，敌人当天一直都被步骑兵和大部分基奇纳骑兵挡在了安全距离之外，但是敌人对这一面的进攻引起了将军的担忧，并吸引了他的大部分注意力。

6点钟，第21旅开始过河，布鲁斯-汉密尔顿率部向左，很快就形成了一条很宽的前线。此时，布尔人用两三门野战炮和1门机关炮展开了攻击。其中，机关炮在我们的重炮的攻击下，很快就没了动静。同时，正在牵制敌军左侧的第19旅还与河边灌木中的敌军散兵发生了交火。野战炮兵连的4门火炮也投入了战斗，等步兵在对岸刚占领足够的空间，他们就过了河。7点钟刚过不久，塔克将军的师的先头部队就出现在了我们左侧的平地上。在这位坚定的军官的指挥下，他的部队以饱满的热情蹚过了河。此外，看到布鲁斯-汉密尔顿的军队在交战，他让自己队伍中的2门火炮转向了东面，从而为我们提供了实质的帮助。

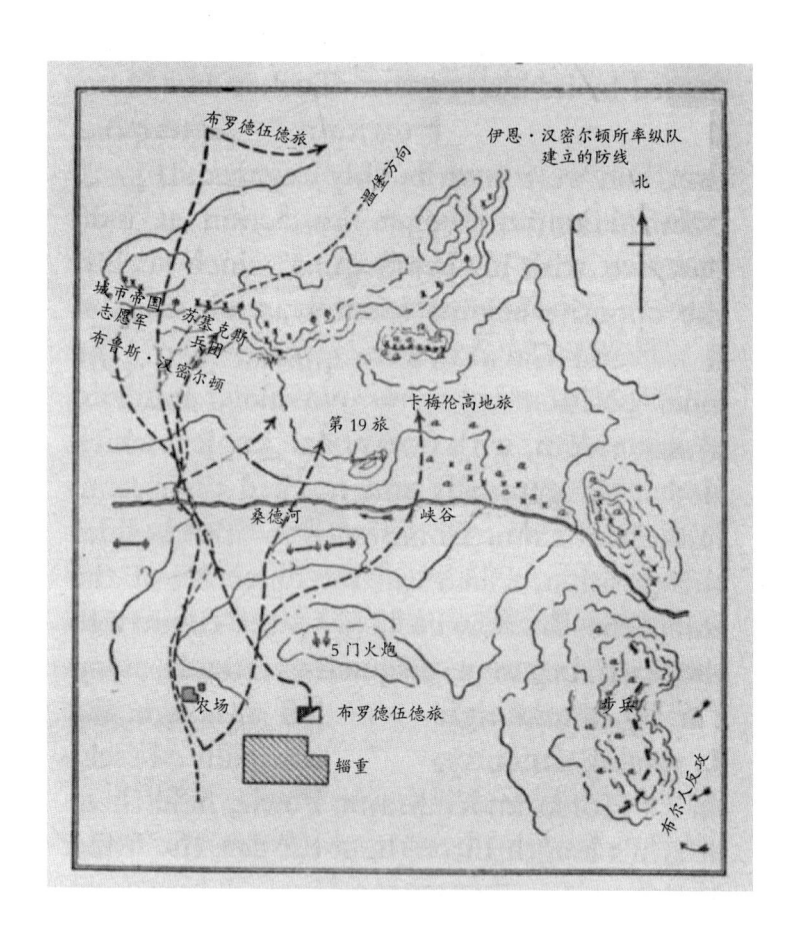

1900 年 5 月 10 日，
伊恩·汉密尔顿在桑德河的战斗。

叉号代表布尔人。

史密斯-多里恩是那两支步兵旅的指挥官。他和汉密尔顿非

第十章 右翼军

常清楚，在队伍展开之前，把太多的部队往狭窄的前线上塞，而支持步兵作战的补给又跟不上，是非常危险的。大约11点，卡梅伦高地旅被派去河对岸的灌木丛，清除了里面的敌人，延长了右侧的防线，然后部队才完全展开，补给才跟上。此时，布鲁斯-汉密尔顿的部队已经全部准备就绪了。在26门火炮强大的火力掩护下，全体步兵同时向敌人的阵地发起了进攻。他们的步调非常一致。此时的景象非常壮观。在左边较远处，立德炮弹产生的烟雾以及晴空中高高升起的、奇怪的军用热气球，说明中部正在交战。第7师已经全体通过了桑德河。此时，在敌人的攻击下，他们正沿着弯曲的路线向西北移动。我们前方的斜坡上散布着细小的棕色身影，他们正在快速向上移动。爆炸的炮弹沿山脊顶部的边缘划出了一道线。布尔人进行了几分钟的沉着射击，子弹在苏塞克斯兵团和城市帝国志愿军的士兵身旁撞起了灰尘。但是敌人的防守能力远远无法抵挡步兵和炮兵们的攻击。到中午时，英国部队已经完全控制了桑德河对岸的高地。

同时，汉密尔顿命令自己的辎重部队和骑兵过河。布罗德伍德旅几乎与步兵一同到达敌人的阵地。然后，他开始朝文特斯伯格的铁路岔道方向前进。但是，敌人的后卫部队太强大，他的骑兵很快遭到了3门火炮和一支相当庞大的步兵队伍的阻挠。至于布罗德伍德当时是否会做出他后来在钻石山行动中所做的尝试，并下令展开冲锋，我们不确定；因为当时出现了一个失误，导致他完全改变了计划。

在整个上午期间，布尔人不断加强对我们右后方的进攻。最后，为了对其展开猛烈攻击，汉密尔顿从河边调来了位于辎重部队后面的后卫部队，并命令炮兵长官给他找一支炮兵队伍过来。恰好，当时的两支骑炮兵连中只有一支——"P骑炮兵连"，能跟骑兵部队走；而另一支——"Q骑炮兵连"，太疲惫了，跟不上骑兵的脚步。因此，炮兵长官打算把疲惫的那支调过来。不幸的是，由于失误——不是下达命令就是接收命令的人失误——传令兵去找了"P"连，而非"Q"连。那位传令的军士长明白此事紧急，他飞速穿过了河流，朝布罗德伍德的队伍飞奔而去，在他们刚要与敌军展开战斗时赶上了他们并传达了命令。布罗德伍德明白，如非十万火急，汉密尔顿绝不会拿走他的炮。于是他立即把骑炮兵派了过去，并且放弃了向西北移动的计划。因为没有炮兵，该计划是行不通的。他推测后卫部队已经陷入了激战，为了支援他们，他掉头开始向东走。当他明白真相时已经太晚了，原来的计划已经不值得再继续了。既然弗伦奇没能到达文特斯伯格的铁路岔道，也许布罗德伍德不去西北也无妨。

或许是因为布罗德伍德最后的举动，或者是炮兵的攻击，也可能是知道所有过河点都已经被英国军队成功占领，正在攻击后卫部队的布尔人停止了攻击。他们的枪声渐渐消失了。同时，在马克西中校的努力下，大部分辎重已经被拉过了河。看到获胜的步兵已经消失在了敌军阵地后方的山谷中，汉密尔顿快马加鞭赶上了他们。当我们到达高地的顶部时，布鲁斯－汉密尔顿的先锋

第十章 右翼军

团就在我们前面约1英里的地方，布罗德伍德队伍的尾部正在从东面高高扬起的灰尘中消失。在战斗中损失了几名士兵的城市帝国志愿军已经爬上了小山，他们正在山上休息，吃饼干。我们在一些石头之间发现了几具布尔人的尸体。为了安葬他们以及4位倒在旁边的我们自己的战士，一支埋葬小分队负责挖坟。我们还看到了几名俘虏——大部分是德兰士瓦人，他们看到我们的士兵装上刺刀后就投了降。东北方向4英里处是长满了草的文特斯伯格低地，上面有树和房子。

将军决定在敌人阵地后面的山谷中扎营，并且把警戒队部署到了北面的小山上。他还派了一名军官举休战旗前往文特斯伯格，要求对方投降；同时指示布罗德伍德，如果敌人答应投降，就分派一支骑兵团和一些步骑兵接管该镇。考虑到他们可能会坚守，他把5英寸火炮部署在了已经占领的高地上。

想着在所有东西被部队征用之前获取一些物资，尤其是瓶装啤酒，我在那位举休战旗的军官进入镇里之后骑马向前，然后在我能看到情况的地方等候着。大约一个小时之后，一支骑兵部队开始从布罗德伍德所在的方向朝镇里挺进。我知道一切都进行得很顺利，于是向他们慢跑了过去。我走到了距离镇子只有几百码的地方，但幸运的是我没有单独进去，而是快速跑向了骑兵队伍。突然，一阵让人不安的枪声打破了傍晚的宁静。我把目光转向了声音传来的方向，看到20来个布尔人站在一英里外的天际线上朝前进的骑兵队伍开枪，或者说朝我开枪，因为我离他们近多了。紧接着，大约20个荷兰人从镇里冲了出来，他们逃向了位于西边天际线上的他们的同伴。如果我径直走进镇里的话，我就会碰到这些人。我赶快加入了骑兵队伍，然后与布鲁斯骑兵中队一同进入了街区。这是一个凄凉的小地方，没法跟温堡相比。镇上有几家不错的商店和一家小旅馆，我在这些地方找到了我想要的东西；不过整个小镇非常脏乱。此时，罗伯茨骑兵部队的三四十名骑兵，正在建筑群和花园的边缘朝逃跑的民兵队伍开枪；同时，他们的20名同伴正策马飞奔，鲁莽而兴奋地追击着那些民兵。山上的布尔人为了帮助他们的战友逃跑，快速射击了一阵子。不少子弹打在了街道上，激起一缕缕尘烟。但这丝毫没有影响到聚在一起观看战斗的女人们和孩子们。她们正看得高兴，没有意识到危险。直到她们其中一些人被告知：如果在打仗的时候跑到室外来可能会丧命，她们才急忙拉着自己的孩子去找庇护所。她们慌乱的样子令人发笑，这是可以原谅的，因为毕竟没有人受伤。

夜晚的到来结束了所有的冲突。布尔兵也在黑夜的掩护下撤退了。其中大部分人撤到了克龙斯塔德——请记住，此处是他们决心死守的地方；还有相当一部分人撤向了东边，他们与克里斯蒂安·德韦领导的民兵队伍会合在了一起。布罗德伍德的旅缴获了十几辆运货车，并抓到了30来个俘虏。当天的战斗结束时，我们手上一共有52名没受伤和7名受了伤的布尔人。汉密尔顿的军队的伤亡人数不超过50。塔克和波尔-卡鲁两军的损失大概

第十章 右翼军

也跟汉密尔顿的部队差不多。弗伦奇的部队伤亡数有120多人，他遭遇了最顽固的抵抗。但是不管怎样，在这次战线绵长、部队分散的战斗中，我们以很低的代价渡过了桑德河，军官和士兵的总伤亡数不到250人。

桑德河的河床凹凸不平、满是石头，这让所有拉着货车过河的牛马都筋疲力尽。而且由于到了河对面之后还要爬很远的山路，当晚只有很少几个兵团拿到自己的辎重，所以第二天不可能一早就出发。但是大家都知道，陆军元帅打算第二天赶到克龙斯塔德；此外，我们获得的所有情报都表明，在克龙斯塔德镇南部的一个名叫博施兰德的阵地中，布尔人正在一条长满树的陡坡上挖壕沟，以巩固这个坚实的阵地的防御。因此每一分钟的停留都让人觉得可惜。

我们于上午11点开始动身，径直奔向了克龙斯塔德。我们在日落之后继续坚持了两个小时，总共走了近17英里。我们的左侧是一片平坦、开阔的地区。随着队伍朝主力部队聚集，我们看到了两条长长的平行线。那是行进中的第7师和第11师拖出的灰尘尾迹，滚滚的尘烟就像落日时的红霞一样。除此之外，我们知道，在这两列纵队的另一面、铁路的西面，弗伦奇正带着他疲惫的骑兵队伍扑向敌人的另一面。各部队汇集到一起是为了展开一次大规模的行动。但是我们无论如何也无法走完那段因往右手边斜向前进而多出来的额外路程。夜幕降临的时候，我们了解到第7师正在从我们前方过去，波尔-卡鲁正带着护卫队在我们前面大步前进。罗伯茨勋爵当晚在亚美利加的铁路岔道处休息，此处距离博施兰德阵地不到6英里。

黎明时分，汉密尔顿的部队再次开始前进，运输队和车队在几英里外的后方艰难地行进。步兵们排成细长的队伍，怀着热情，紧跟在作为盾牌的骑兵之后。我们时不时侧耳倾听是否有炮声，因为如果敌人选择抵抗，陆军元帅一定会在8点钟之前跟他们交火。但过了9点，我们还是没有听到炮声。于是，布尔人不战而溃的传言传遍了整个队伍，大家的脚步开始慢了下来，步兵们开始感受到奋力赶路后的劳累。

11点，布罗德伍德将军收到了罗伯茨勋爵派人传来的一条信息：汉密尔顿的队伍随便走哪条路都可以，因为敌人的阵地无人防守。由于不会发生战斗，于是我决定去观看部队占领克龙斯塔德的过程。我骑上了我在温堡新买的马。这匹马很漂亮，精力充沛，是一匹英国公马和一匹巴苏托母马杂交所生的马。我很快就超过了骑兵队伍，并追上了塔克的运输队，然后沿着他的前进队伍继续走了四五英里，赶上了第11师队伍的尾部，最后在距离克龙斯塔德镇约3英里的地方超过了步兵纵队。

大概正午的时候，罗伯茨勋爵跟他的全体参谋人员进入了克龙斯塔德镇。包括警卫旅在内的第11师在市集广场接受了他的检阅，然后穿过该镇，在北面扎了营。其他军队则驻扎在了该镇的南面。戈登高地旅在距离该镇1英里处；第7师和汉密尔顿的部队位于该镇3英里外一个宽阔的山谷中。山上长满了灌木，并挖有

第十章 右翼军

壕沟，但是布尔人没敢在山上据守。采用迂回战术的弗伦奇又一次遭到了顽固的抵抗。他到达克龙斯塔德镇北部的铁路线时已经太晚了，所以未能阻止火车的离开。其实，一位有胆量、有魄力的工程师，亨特·韦斯顿少校，到达了铁路桥的位置，他本想在敌人的火车过去之前炸毁它，结果发现该桥已经被敌人炸毁了。

因此，从布隆方丹出发后，经过一段长长的征途，我们占领了自由邦的新首都：克龙斯塔德。该镇被誉为自由邦最美的地方之一，但是即使迁就我们所见到的情况，这样的评价似乎也是有失公允的。该镇看起来比温堡大一点，但是远没有温堡那么干净、整洁。整个地区被太阳烤得很干燥，并且被红色的灰尘笼罩着。布尔士兵不顾斯泰恩总统的训诫——他的训诫包括公开鞭打几名抵抗的民兵队员——沿着铁路撤向了北部。除了有时停下来摧毁铁路，他们一直在赶路，直到到达雷诺斯特山丘，他们才停止前进。那位总统以及执行委员会的委员们撤到了林德利，政府驻地也迁到了那里。在这种时候，政府驻地需要灵活机变。因为种种原因，林德利很快就成了我们的新目标。

第十一章 林德利

海尔博恩，1900年5月22日

由于抵达克龙斯塔德的过程非常顺利，罗伯茨勋爵决定稍作停留，等补充完物资以及从布隆方丹到这里的铁路线正常运转之后再行动。此外，他原以为在该镇的外面会发生大规模的战斗，所以把所有部队集中了起来，并且把右翼军调到了离主力部队很近的地方。在向敌人位于雷诺斯特河边的阵地进军之前，他希望拓宽前线，就像在之前的战斗中所做的那样。聚拢部队的行军计划在每次队伍集中时都需要停顿，所以当陆军元帅还在驻扎时，他的精力旺盛的副官已经再次出发了。

除多了4门机关炮外，汉密尔顿将军领导的队伍还是跟之前一样。他于15日从克龙斯塔德镇外面的营地出发，经过一段短距离的行军之后，在该镇的东面扎了营。他要在这个斯泰恩总统退避的地方为进军林德利做准备。让他非常苦恼的是补给问题。只带3天半的粮草，在敌区向前推进50英里可不容易。跟在后面的补给车队可能会碰到各种情况。虽然肉类很充足，到处都

第十一章 林德利

能找到，但是面粉以及农场里才有的其他谷物供应不足，也不稳定。即使充足的肉类供应也会在一定程度上因缺乏木材而大打折扣。因为如果没有燃料，就算给每名士兵发一只羊腿，他们也高兴不起来。这些不足并没有因为一支小车队的到来而得到改善，他们运送的货物大部分是营地消毒剂，其余的是压缩干草——这在一个遍地是草的地区真是太"珍贵"了。

不过，汉密尔顿已经下定了决心，并且他也有理由相信他的补给军官阿彻利。于是他在16日出发了。当日，步兵队伍把露营地设在了距离克龙斯塔德18英里的林德利公路上——也许称之为小路更合适。布罗德伍德带领的骑兵旅和一支步骑兵团则比步兵多走了10英里，并且占领了一座地图上没有标注的铁桥。该桥穿越了一条流经卡尔丰坦的重要河流。

这时，汉密尔顿收到一条可靠消息，在向北挺进的兰多纵队（第8师）的前方，有一支带着火炮的大型布尔人部队正在向他们北部的林德利撤退。汉密尔顿认为抢在他们到达之前占领此镇很重要，于是他命令骑兵赶紧去占领该镇北部的高地。由于普通的行军速度太慢了，骑兵们大幅加快了速度。最后，他们的努力得到了回报。17日，按照布尔人的话说，布罗德伍德让林德利的驻军"大吃一惊"。

防卫该镇的驻军连50人都不到。一辆装着60000枚硬币的马车差点儿就从骑兵们的手上逃脱了。经过一场短暂的冲突之后，镇里的驻军投降了。英军只有3人受伤，无人阵亡。然后，布罗德伍德遵照上级的吩咐，撤退到北面的山上扎了营。为了方便起见，我将在后文中称此山为"林德利山"。

步兵和辎重队伍 17 日也赶了很远的路，但是由于路上有几条难以穿过的河道或陡岸干沟，他们在夜幕降临的时候距离林德利仍有 14 英里。即便天已经黑了，运输队伍仍在艰难地赶路，这时他们中大部分人还不算太疲惫。即使后来已经精疲力尽了，他们也仍在前进，直到午夜才停下。不知道在英国有多少人知道南非的河道是什么样子，又有多少人知道它们是如何影响军事行动的。在高度发展的国家，土地已经在年复一年的耐心劳作下被塑造成了方便我们使用的样子。所以住在这些国家的人已经习惯了平稳穿过峡谷的路，他们很少留意路上的桥梁和涵洞。但是南非的情况完全不一样。长长的运输队伍缓慢地穿行于平原上，前面的草原看起来平顺而易行。然而，他们很快就会碰到障碍。怎么回事？让我们去前面看看吧！单列的货运车车流在前面汇集成了一个 20 列并肩排列的庞大车群，当中有骡车、带篷双轮马车、牛车、医疗车以及炮车，它们在耐心地等候着、彼此推挤着，车夫和交通员在咒骂和争吵着。他们的前面有一条河道——一条 50 英尺深、100 码宽的大裂缝。河岸很陡，除了一条狭窄、崎岖、蜿蜒向下的小路，没有一个位置可以通行。河道底部是一片泥沼地；虽然工兵们在尽全力改善路况，但是大家仍然感到很沮丧，就像伦敦伯爵宫的排水管和《天路历程》里的绝望泥潭给人的感觉一样。为了先后次序，经过一阵激烈的争论之后，车辆开始一

第十一章 林德利

辆接一辆地前进。为防止笨重的货车顺着斜坡向下冲,撞到前面的牛,他们必须紧紧地握住刹车。即便如此,每辆车在下坡的过程中还是要经历碰撞、倾轧、颠簸。像羽毛床垫一样的河道底部是一片泥沼地。每三辆车里有一辆会在这里被卡住。骡子会尝试着摆脱困境,但是只要第一次不成功它们就会放弃,真是没用的杂交动物。牛会进行坚持不懈的努力,但是最后还是要靠人把被卡住的车从泥沼中拉出来。很快,疲惫的杂役队过来了。由于携带着沉重的装备,杂役兵前进比其他士兵更艰难。他们给运输车系上了拖车绳,然后在长鞭的抽打声中,在白人士兵的推拉下,在土著人的呐喊和鼓励下,经过千辛万苦,一辆车子才终于得以安全通过。然而,运输车队长达 7 英里!

18 日早上,正当步兵队伍打算出发时,路北面响起的一连串枪声提醒了我们附近有敌人。在此之前,里明顿少校的一支粮草搜寻队骑着马往一座农场去了。农场上飘着一面白旗(好像是后来才升起来的),从营地的位置可以看到整个农场。他们到那儿之后,躲在附近的 5 个布尔人对他们展开了射击。想想这些人有多鲁莽:一英里内有 8000 名英军和一支强大的骑兵部队,5 个布尔人在这种情况下竟敢向粮草搜寻队开枪!幸好没有人受伤。骑兵们愤怒地冲了过去,那几个布尔人消失在了远处的山丘之间。"但是,"将军说,"我的补给车队怎么办?"

于是将军命令史密斯-多里恩和他的旅,以及一队炮兵、一支步骑兵团,留在原地(林德利以西 12 英里处)帮助他期盼中的补给车队；并且让他在大部队进军海尔博恩的第一段路程结束的时候，抄近路与其再次会合。然后，汉密尔顿带着其余部队继续向林德利前进。到目前为止，队伍走过的地方，地貌特征都一样，都是宜人的、长满草的高地地形。在这样的地方，就算天然的水资源不丰富，只要不怕麻烦，只需建造一些最简单的灌溉工程，也能获得巨大的回报。这里到处都能看到河道。只要修建一些普通的水坝，比如印度农民修建的那种堤坝，就能在各个山谷中点缀上波光粼粼、生机勃勃的湖。储蓄水资源可以改善缺乏树木的问题。也许，10年之后光秃秃的草地上会长满大树。但是目前乡村地区的人口还非常稀少，他们对自然的改造能力还很有限。布尔人不喜与人来往，为了避免与邻居接触，他们的农场分布得很散，以至于这里看不到大面积、集中的耕地。各农场之间的土地是无人耕种的荒地。通常，农场主拥有的每6000英亩土地中只有不到20英亩是耕地，看起来相当可惜。

大地在微笑的天空下美丽动人，战争的到来并没有让它失去光彩。在干燥的天气环境下，士兵们的大意经常造成草地火灾。点完烟之后被顺手丢在一旁的没烧完的火柴、不小心从炊火中飞出来的火花，都会在瞬间引起大面积火灾。在大风的作用下，毁灭性的大火会迅速横扫草原。白天，滚滚的浓烟会遮住后面的风景；晚上，熊熊的火焰就像大地的一道疤痕。由于发生得太频繁，草地火灾变成了一件非常令人烦心的事情。火灾会在一个小时之内烧掉大片牧草，会迫使军队迁移，会暴露军队的位置，会散发

第十一章 林德利

出让行军队伍窒息的刺激性味道，会破坏战地电报网。只有早上降下的大量晨露才能将其熄灭。但是，尽管每天都重申禁令，意外——因为各种各样的原因——仍然继续发生。褐色的草原上到处分布着丑陋的黑色地带，大火向黑色地带之外延烧时，就像血液浸透卡其色军装时一样。

最后，穿过一条在光秃秃的起伏地带蜿蜒的小路，绕过一座异常陡峭的山丘，我们看到了前面一英里处的美丽小镇林德利。北面高山上的骑兵营地占据了附近的山坡。镇里的房屋——有着白色的墙和蓝灰色的铁质屋顶——藏在了低地的底部，深绿色的树木也在一定程度上隐藏了这些房屋。我们先顺着一条地面电报线向布罗德伍德的指挥部走了去。到那儿之后，我们了解了这里的情况。布尔人的临时防御营地和侦察队已经分布在了这个地区的东南和东北部。哨兵线的沿线偶尔会发生冲突。布罗德伍德对小镇进行了仔细、彻底的搜索，从镇里获取了两天的补给。最重要的是，皮特·德韦——大名鼎鼎的克里斯蒂安的兄弟——传话过来说，如果同意让他回到自己的农场，他愿意投降，并且他的属下也会跟他一起投降。布罗德伍德立即对他的要求做出了保证。汉密尔顿一到这里就给罗伯茨勋爵发电报表示，他完全支持布罗德伍德的做法，并请求批准该协议。罗伯茨勋爵以最快的速度给他回了电报，大意是：投降必须是无条件的。电报上说，由于皮特·德韦曾领导了自由邦的部分军队，所以他不适用《致自由邦公民的公告》里的优待条款。因此他无法获得回到自己农场的许可。不用我多说，大家也能猜到我们得知这一决定时有多震惊。幸好，派去给予皮特·德韦肯定回复的信使在穿过我们的哨兵线之前被携官方文书的士兵追上了。在距离林德利10英里外的一座农场里，等待回复的皮特·德韦收到文书后不得不二中选一：要么继续战争，要么前往圣海伦纳或锡兰。根据现在的情况来看，他选择了前者——让我们遭受生命、荣誉和金钱损失。

下午，我骑马去了林德利，去购买我的马车里存量不足的各种物资。林德利是一个典型的南非小镇，镇里有一个大型的中央市集广场，还有四五条从广场向外辐射的、未铺石砖的宽敞街道。此外，镇上还有一家看上去很干净的小旅馆、一所坚实的监狱、一座教堂以及一所校舍。最大的两栋建筑是两个综合商店。周边地区的农民都是从这两个商店采购生活必需品和其他商品的。商店的老板来自英格兰或苏格兰。它们的建筑风格非常值得肯定。两个商店分别被分成了五六个备货充足的大型商品分区，商品的种类之多令人惊叹。你在其中一个店就可以买到钢琴、厨房炉灶、宽边软帽、瓶装洗发水、盒装沙丁鱼。这两个商店是乡村版的怀特利百货商店，很有竞争力；多种多样的商品立即引来了大量顾客，继而表明了这片肥沃的土地上潜藏着巨大的财富——就连懒惰的布尔人都能轻易获得的财富。

我需要亲自去找一些土豆。经过耐心的打听，我找到了一个拥有12麻袋土豆的人。他是英格兰人，他很高兴自己终于见到了英国步兵。"你不知道，"他说，"我们等这一天等得有多苦。"

第十一章 林德利

我问他战争期间荷兰人有没有虐待他们。

"也算不上虐待,但是当我们拒绝战斗,他们先是强征我们的房屋、马和车,后来又来拿我们的食物和衣物。还有,让人讨厌的是我们不得不听他们的满嘴谎言,当然,还有不得不忍气吞声。"

显然,他很讨厌那些可以随意摆布他命运的布尔人。南非的英裔移民经常会本能地表现出对荷兰裔移民的厌恶,这是一个令人不解的问题,对南非的前途来说是不容乐观的。我们很快到了他家(土豆在他的家里)。见他家门口挂着一面英国国旗,我说:

"我建议你把旗取下来。"

"什么?"他满脸惊讶地问道,"英军会留在这里,不是吗?"

"这支部队不会一直留在这里。"

"但是,"他脸上露出了不安的表情,"他们肯定会留一部分士兵保护我们,并驻守这个小镇。"

我告诉他我认为这不太可能。我们的部队是一支作战部队。很快会有其他部队过来驻守,但是他们可能至少要一个星期后才到这里。我简单预测了接下来的三个月林德利的周围将会发生的激烈战斗。他听后看起来非常不安,但是并没有完全失去理智。

"这对我们来说很残酷。"他停顿了片刻后说,"如果布尔人回来会发生什么?他们现在就在山的另一头。"

"所以如果我是你的话,我会把旗子拿下来。如果你不加入战斗,就要先保留你的政治观点,等战争结束再说吧!"他露出了失望的表情,我想他在问自己,他的热忱害他受了多少苦。当我们完成了这笔让他满意的土豆买卖、把土豆搬到我的马上之后,他又振作了起来。"来看看我的园子。"他说。我欣然接受了邀请。那是一个100多平方码的园子,但是从里面的情况可以看出他很有干劲,这块土地也很有发展潜力。他解释了他是如何在东面靠山的地方一条泥泞的窄水道上修筑水坝的。"每个季节都有大量的水;你看这根管子,只要用它把水输过来就行了;我现在想要多少水都没问题。20个园子,想种什么都行,大部分是土豆,这是卷心菜(长得很漂亮)、番茄和洋葱,那是一藤甜美的白葡萄,那是一丛草莓——只要有水,什么都能种出来。只要不怕麻烦,你就能获得大量的水。"

他的勤劳让我印象深刻。我问道:"你来这里多久了?"

"2月份的时候,已经满8年了,"他回道,"看到那些树了吗?"

他指着长长一排约20英尺高、枝叶茂盛的树,树下是一片凉爽的树荫。对于眼睛长时间对着褐色草原的人来说,那一抹绿色让人赏心悦目。我点了点头。

"那些树是我刚来的时候种的,它们长得很快,不是吗?只要有水就能种树,只要不怕麻烦就会有水。"

跟他告别后我带着土豆回到了营地,顺便带回了一些情报。

第二天早上,在早餐时间之前,林德利南面的哨兵线上传来了枪声。急促的枪声响彻了整个山谷。我们从北面的营地里可以看到,在对面的山坡上,骑着马的英国侦察队在快速奔跑,像焦躁的蚂蚁一样。我当时跟汉密尔顿在一起。他在自己的帐篷门口

第十一章 林德利

安静地观察了一会儿远处的冲突，然后他说：

"侦察兵和当地黑人报告说敌人的临时防御营地在那里，还有那里，还有那里。"（他指向了几个不同的地方。）"如果我今天不攻击他们，他们明天就会攻击我。如果我今天攻击他们，我的部队会累垮；如果不攻击，我们明天将不得不与追击的敌人打一场棘手的后卫战才能从这里脱身。"

他没有说他会做何选择，但是我很确定他不会去南部或东南部讨伐那些行踪不定的临时营地。我们得按计划配合主力部队的行动，必须尽全力确保他们的行军顺利无碍。所以正如我意料的那样，那天我们没有任何行动。

20日，大家很早就起床了。布罗德伍德的骑兵队伍天一亮就开始向北部的山脊方向移动了。炮兵和大部分步兵紧跟在他们的后面。所以7点钟长长的运输纵队就已经在前往海尔博恩的路上了，此时他们正在绕林德利山的山角蜿蜒前行。除了西面以外的其他方向都有观察着我们的敌军队伍，这使得撤离林德利的行动既困难又危险。布罗德伍德的任务是在前面开路。莱格的步骑兵团负责保护右侧。后卫部队由汉密尔顿亲自领导；后卫部队包括德比郡兵团、班布里奇的步骑兵，以及作为特别预防力量的第82野战炮兵连。

当完全亮起的天空刚刚照亮行进的队伍，在附近观察的布尔人就发现了警戒队，并开始了攻击。渐渐地，林德利镇的三个方向都开始了断断续续的冲突。8点钟，我们的部队已经撤出了小镇。9点钟，前进的运输车队几乎把林德利山围了起来，这时警戒队开始从小镇周围向中部靠拢。见此情形，敌人明显加大了攻击力度。警戒队刚从镇上离开，布尔人就三三两两地冲了进去，然后开始从镇里向他们射击。很多令人尊敬的老先生前一天还很谦恭地接待过我们，现在他们从各种隐秘的地方拿出了枪，然后从自家的走廊上朝我们开枪。由于敌人夺取镇子的速度太快了，《泰晤士报》的通信员萨默斯差点儿被抓。他前一天晚上很晚才到这里，然后什么都没打听，在旅馆里找了一张舒适的床就睡下了。一直睡到旅馆老板冲进他的房间，非常激动地尖叫着——布尔人到镇上了，他才醒。

他慌忙地穿上衣服，然后骑着马疾速穿行了几条街，直到离开镇子四分之一英里后才有人向他开枪。历史不会记录他在这种紧要关头是否镇定自若地付了房费。

将军和他的参谋从当时已被遗弃的营地上观看了战斗的开始。那里已经荒废，满地垃圾，上面散布着被抛弃的马和驴子的凄惨身影。警戒队刚开始朝镇子北面撤退，将军就骑着马向林德利山山顶去了。站在这个平坦如桌面的制高点，我们能看清所有的战况，甚至周围所有的地区。被遗弃的营地就在我们的脚下，在它的更远处，林德利镇上的房屋正在发出喋喋不休的枪声。在我们的东西两侧，两支步骑兵连各守卫着一座小山丘，此时他们正在与敌军激战。运输队伍的尾部正环绕着我们所在的山的山脚向安全的地方转移。远处，广阔的草原上，一队队布尔骑兵在迅

第十一章　林德利

速向前奔跑；在东侧山丘更远处的一条道路上，一群人正骑着马稳步前进。他们的队伍展现出了十足的布尔人风格——四五人一组的独立小队中时不时夹杂着一支10人或12人小队，偶尔还会看到一个逆着队伍往回骑的人。很快，满是灰尘的路上就出现了30多个小队。对于一个久经沙场的军人来说，这样的兵力调动是极具威胁性的。有人发现在东面的小山之间有一支队伍在不断壮大。将军参加过印度边境地区的战争，了解后卫战。他的表情很严肃，此前在更大的作战行动中，我都没见过他露出过这样的表情。此时，我们听到了重炮的轰鸣，这说明前面的部队也受到了攻击。布尔人知道自己要什么。可以肯定，他们的兵力调动对后卫队和右卫队构成了威胁。将军派出了三名传令兵，一人去警告右侧的步骑兵团，一人去通知主体部队以最低速前进，还有一人去东侧受威胁的山丘上了解战况。随后，将军把后卫部队的炮兵连调到了山顶。我认为这一步意义重大。炮兵们在林德利山上把炮弹投向了各个方向的敌人，使其不敢靠近。警戒队也在炮火的掩护下摆脱了危险，并撤退到了身后的另一个阵地。这让我想起了历史上或传说中的那些有名的骑士，他们横挥手中的长剑让狂躁的暴徒不敢靠近，从而让他们的同伴得以撤退。警戒队在运输队伍安全撤离之前一直奋力坚守着阵地，在炮火的掩护下，迅速向后跑去。随后炮兵们自己也开始考虑撤退事宜。但是沿着东面的道路缓慢移动的布尔人队伍并没有停下脚步。已到达东面小山之间的布尔人已经有七八百人了；还没到达的人正在迅速前进，似乎有着非常明确的目标。"右卫队，当心！"

现在，由于后卫部队已经撤离了林德利镇，将军把重心转向了主体部队。于是我们开始沿着长达7英里的队伍前进，或小步慢跑，或疾速飞奔。前方的冲突在我们到那之前就已经停止了。其实那场冲突非常小。事发地在雷诺斯特河附近，当时有大约700名布尔人带着三四门火炮阻挠部队前进，甚至还对最前方的骑兵旅进行了阻击：第10轻骑兵团有两名军官受了伤，袭击还造成了该旅十几名其他人员伤亡。步兵和炮兵也想过要去帮忙击退敌人。骑兵不擅于在山丘地带作战。"没关系，牛炮来了。等着看好戏吧！"第21旅的先锋队刚开始部署，5英寸炮和野战炮就朝敌人开炮了。于是，在火炮和骑兵机关炮的炮火追击下，敌人被迫逃到了河对岸。

当我们正在庆祝自己赢得了这次稀奇（之所以说稀奇是因为演习手册上没有探讨过两面同时作战的后卫战）的战斗时，6匹无人骑的马从几英里外某处的右卫队跑了过来。显然，那里正在发生激战；这是此前在东面小山间聚集的那些布尔人计划好的攻击。平静的大地没有透露远处发生了什么。没有一声枪响，也没有一丝战斗的迹象。实际上，在这种分散的作战中，一支军队的其中一部分人，可能会在其他人一声枪响都没听到的情况下，就被轻易地消灭。空想战略家可能会问："为什么要把军队分散？""因为如果不分散，并且手上没有在分散时作战能力足够优秀的士兵，军队就会被一举消灭。"

第十一章　林德利

将军传令让后卫队与侧卫队联系。他还准备了一支随时待命的步骑兵团，以便在需要的时候前去支援，然后他把注意力转向了让军队通过雷诺斯特河。这时，史密斯-多里恩纵队的前锋进入了我们的视线，他们是从他们在卡尔丰坦的营地过来的。就这样，右翼军重新合为了一体。这让我开始思考此事在罗伯茨勋爵的总体计划中的作用。

在克龙斯塔德被占领之后，坐火车撤退的自由邦部队撤退到了雷诺斯特河防线。在雷诺斯特河北面半英里处，有一排长长的石头小山在平地上拔地而起。布尔人决心在这个坚固的阵地进行顽固的抵抗。所有沿这条铁路前进的部队可能都会觉得，过河以及驱逐山上的敌人是一件困难且代价高昂的事情。向两侧延伸的低矮小山可能会使迂回战术行动的时间大大延长，并且可能会使之成为毫无用处的行动。

在圆圈内侧的敌人可能会挡住各个点的进攻。但是随便看一眼地图就知道，雷诺斯特河有一段大幅向南凸起的河段，铁路就是从那里穿过该河的；所以一旦汉密尔顿的军队过河，据守在山丘阵地上的布尔人就会面临被切断退路的危险。因此，我们穿过位于林德利与海尔博恩之间的雷诺斯特河的作用，应该就是为主力部队的前进扫除障碍。一切就像罗伯茨勋爵所期盼的那样；尽管布尔人为防御雷诺斯特河做了充分的准备，修建了坚固的防卫工事，修建了用于把重炮从火车上卸下来的铁路岔道，但是在距离他们左翼40英里的地方，一支纵队的前进迫使他们没开一枪就撤离了整个阵地。

所有知道战线范围以及各部队之间行动紧密性的人，都很期待穿过雷诺斯特河。尽管后卫队和右卫队还在战斗，将军仍决定让他的军队和运输队当晚过河。我们找到了两处可以过河的地方，然后步兵、骑兵、炮兵、运输车队便开始过河。此时，运输车的数量已经随着史密斯-多里恩的到来增加了，他带来了我们急需的、充足的补给，为我们继续向海尔博恩以及更远的前方前进提供了物资保障。直到午夜，车队还没完全过河；尽管已经经过了一天的艰难前进，拉车的牲畜经历了烈日折磨，疲惫不堪的羊群几乎已经赶不动了，但是我们知道我们的努力没有白费。

当天晚上，右卫队传来了消息。他们怕后卫队遭到敌人的侧面攻击，所以一直在等。后卫队的撤退很顺利。后来两支卫队之间拉开了距离。警觉的布尔人冲进了两队之间的间隙，吓得一支步骑兵连的马疯狂逃窜。一场激烈的战斗随即展开。后卫队听到猛烈的枪声后，冲过去支援。最终，他们有效地阻止了布尔人，两队得以一起撤离。但是参与此次冲突的人普遍认为这是一次非常令人不快的事件。

马被吓跑的那支步骑兵连的连长经历了一些特别有趣的事情。布尔人骑着马冲进了他的队伍，随后双方发生了一场混乱的战斗。当那位连长追赶被吓跑的马时，路过了一名布尔兵。那个荷兰人对他大吼道："投降。""不行。"连长（他是爱尔兰人）以适当的口吻回答道，然后继续向前跑。于是布尔兵下了马并开始

第十一章 林德利

向他射击，他开了四枪，全都没打中。同时，连长躲到了近处的一块石头后面，很气愤。他把自己的毛瑟手枪装上弹匣并进行了还击。见自己的敌人躲在了石头后面，而自己在开阔的地方（一个爱国者绝不能把自己置于这样的险境），布尔兵迅速骑上了马。本来他可能会骑马飞奔而去，但是连长成功用手枪击中了他的腿。据一位亲眼看到他掉下马的人说，他"像一只被击中的白嘴鸦一样"掉在了地上。

不管怎样，布尔人具有本土优势。他们击中或俘虏了那个步骑兵连的大部分士兵，包括20名受伤的士兵。关于被俘的伤员，皮特·德韦当晚派人举着休战旗表示，我们可以派医疗车去把他们接回来。相应地，我们也释放了几名受伤的布尔人。就这样，双方释放了彼此的战俘。我们20日的伤亡总数约为60人，其中有一部分是军官。布尔人表示他们的伤亡数为20人，但是很可能不止这么多。大部队在雷诺斯特河的北岸扎了营。此处距离当前的目的地海尔博恩镇还有两段行程。

第十二章　一支布尔车队

海尔博恩，5月22日

海尔博恩位于一个深深的山谷中。周围是长满了草的高地，灰绿色草地绵延起伏，就像狂风过后海上的波涛一样；藏身于波谷中的海尔博恩镇从远处几乎完全看不到。深色的树木和树木间白色的石头房子，都聚集在了高高的教堂尖塔脚下。这是一个安静的、冷清的小镇，镇里有几所不错的建筑，几个美丽的玫瑰花园，六个大商铺，一家旅馆，以及一条铁路支线。

海尔博恩当了几天的自由邦首都。一天上午，总统、部长们和议员们带着一架四轮马车里的"政府驻地"，从林德利来到了这里。海尔博恩做了近一个星期的首都。然后，这份飘忽不定的荣誉突然就消失了。总统斯泰恩、部长们、议员们以及那驾马车匆匆向东逃了去，留下的只有镇上的老人诉说的关于他们的传闻——还有3瓶上等香槟（关于这个，我可以证明）。他们是在星期天晚上离开的。看着他们离开的居民第二天疑惑了一整天。

星期二早上，太阳刚出来没多久，克里斯蒂安·德韦就带着60辆运输车、5门火炮以及1000名布尔兵来到了这里。他们是连夜从克龙斯塔德方向赶过来的，此时已经疲惫不堪，所以很高兴自己找到了一个可以休息和恢复体力的地方。"英国人到哪儿了？"他们问。一名海尔博恩居民告诉他们："英国人很快就会来。""很快就要圣诞节呢！""南面10英里之内连一点儿动静都没有。"因此，这支疲于战争的民兵队伍卸下了牛车，然后喝起了咖啡。40分钟后，布罗德伍德的先锋侦察队开始出现在南面的小山上。

从任何方面来看，英国军队的阵容都非常强大：皇家骑兵团、第12枪骑兵团、第10轻骑兵团、皇家骑炮兵P连和Q连（你一定还记得这两个连）、2门机关炮，以及2挺马克沁机枪；他们的后面是轻骑兵、步骑兵、第19和第21旅、31门野战炮、更多的机关炮、2门5英寸大型炮、牛拉的攻城炮（士兵们称其为"牛炮"），以及伊恩·汉密尔顿。对于任何敌人来说，这都是一支可怕的队伍；而对于此时在海尔博恩镇里的敌人来说，这支队伍已经让他们吓得说不说话来，因为他们抬头看到了山上黑压压、迅速移动的人群——一支庞大的军队正要摧毁他们。

"然后，"就像一位诗人说的，"人们火急火燎朝马奔了去。"他们把鞍装在了疲惫的马身上，把车慌乱地套在了饥饿的牛身上。它们非但没有得到应得的休息和饲喂，反而遭到了鞭打和惊恐的黑人的脚踢。就这样，克里斯蒂安·德韦在混乱中撤离了小镇，匆忙地撤向了北面。

骑兵队伍在小山上停留了一段时间，因为将军希望布尔人投降，以非武力的方式占领海尔博恩，避免巷战或炮击。一位军官——第2皇家近卫骑兵团的斯宾塞-克雷——带着休战旗和一名军号手被派往了敌方；他们要以最快的速度把消息传给对方，然后在20分钟内得到回复，否则天知道会出什么变故，但是这个过程需要时间。举休战旗的人（根据战争的惯例）必须步行前往敌人的哨兵线，因此他们要走一英里半的路程——需要20分钟；再加上等待回复的20分钟、回程的10分钟，差不多要花1个小时。所以我们急躁地看着那两个头上飘着白旗的孤单身影一步步地向布尔人的哨兵线靠近。"我们会带两门火炮上来，并控制这片地区。"那名准将对敌方军官说。

敌人的车辆和人员有可能在所有人等待的时候安然无恙地逃掉。因为去往北面的路沿小镇所在的山谷底部向东延伸了一段距离，那段路正好在我们看不见的地方。但是他们撤退时扬起的灰尘出卖了他们。

"什么，这是什么协议？"一名布尔军官对那名准将说。

"什么？"在场的其他布尔人说。

突然在我们的队伍中有人大喊："哎呀，看看那些灰尘。他们在那里。那是步尔人的车队。跑掉了。"我们随即展开了追击。这是我在战争中见过的最像猎狐的追击。

我们的前方有一个光秃秃的长草坡，我们能清楚地看到沿坡顶移动的布尔骑兵队，以及正在消失的车队。但是谁知道那条山

第十二章 一支布尔车队

脊上埋伏了多少步兵呢？另外，那里还有几道带刺铁丝网——正如大家所知的那样，这东西会破坏最美的风景。

布罗德伍德下达了各种命令：皇家骑兵团慢慢地向中部靠近；第 12 枪骑兵团和一队骑炮兵悄悄前往右边，绕过小镇，去打探山脊后面的情况；第 10 轻骑兵团和其余炮兵向左边稳步前进。

刚开始，大家慢慢并且悄悄地前进着，但是很快军犬就叫了起来。啪！啪！啪！——前面的布鲁斯骑兵中队发现了情况并开了枪，随后有人对他们进行了还击。噼啪！噼啪！布尔人的枪发出了两连爆的声音。砰！——炮兵朝山脊上发射了榴弹。几炮过后，敌人明显受不了这样的攻击。随后，那些布尔骑兵便从山脊上消失了。

前锋骑兵队很谨慎——目前为止一直都在缓慢地移动。步兵军官们已经不耐烦了，认为那天不会有机会上场了，他们咬了咬牙，然后嘴里批评着将军并回到了自己的队伍。前锋骑兵到达了山脊顶部，我们能看到他们下马、射击。

我们来到了第一道铁丝网处，此时这里的炮火味已经很小了。这条山脊的前面是另一条山脊，后面是高高扬起的浓浓灰尘——现在离我们已经非常近了。将军骑着马快速跑向了新占领的阵地，并对那里进行了综合考察。"立即通知队伍过来——赶紧。"

一名传令兵飞速奔向了后方。后面传来了快速移动的炮兵车队发出的吱吱声。大家越来越兴奋。侦察队正在围攻前面的山脊。布尔人断断续续的枪声响了几分钟后就消失了。他们放弃了他们的第二个阵地。"那就继续向前吧。"于是我们骑着马向前慢跑而去。

在叮当作响的骑兵队伍前面，2挺马克沁机枪快速地吐着子弹。刚占领山脊，它们就立即开始愤怒地朝撤退的敌人射击，所以正如我亲眼看到的，4名布尔兵在雨点般的子弹中落荒而逃，弹壳撒得到处都是。

但是现在整个追击的队伍转向了北方一排丑陋的小山。布罗德伍德悻悻然地看着它们。"4门火炮轰击那些小山，以防他们向我们开炮。"话音刚落，在其中一座山的山坡上一团棕色物体旁发出了一道闪光，然后一颗发出刺耳咆哮声的炮弹从我们的头顶飞了过去，落在了前进的骑兵队伍之间。那4门火炮立即对其展开了还击。

布尔炮兵发射了5颗炮弹，然后不得不停止，对他们来说那个位置太危险了——事实上，在纳塔尔之后，我可以说，即使对他们来说那个位置也太危险了。为了转移火炮，他们不得不暴露自己。山腰上的炮车和马都清晰可见。我们都希望其中一个轮子坏掉，或者其中一匹马死掉，这样我们就可以缴获真正的战利品了。但是，我们的机关炮在关键时候很不争气。炮手们知道射程多远，看得见目标，发射的4发炮弹也瞄得很好。但是只发射了4发——可怜的4发！只是"砰砰！砰砰！"就没了。

然而，如果布尔人有这样的机会，他们会炸翻那块地方，用普通射速发射18或20颗炮弹。所以我们痛苦地看到了一件在敌人手中那么可怕的武器,是如何在我们自己的炮兵手中变得微弱而无力的。

在消除了布尔炮兵对我们右侧的威胁之后,我们向前推进的速度更快了。布罗德伍德催促炮兵和骑兵疾速前进,他自己也在匆匆地往前冲。最终,我们登上了最后一个高地。

然后我们终于看到了敌人的运输车队。白色的道路上,一条轮廓清晰的由牛车和骡车组成的长队正在对面的斜坡上爬,车队的最后面是一辆两匹马拉的小车。他们所有人都在奋力逃避追击。但那只是白费力气罢了。

炮兵们掉转炮车并开始准备。热忱的炮兵们有的拿着普通炮弹,有的拿着机关炮的弹带冲到各自的火炮前。在测量射程和调节瞄准器时,他们安静了一会儿,然后——砰!一颗接一颗炮弹落在了敌人的运输车队之间。有的在地上爆炸,有的在空中爆炸,在骡子和人周围掀起一阵阵灰尘。这些令人兴奋的目标以及一些将军指点的目标,终于唤醒了机关炮的活力,砰砰地射出了一连串的炮弹。敌人的车队只保持了几分钟的勇敢,然后车子一辆接一辆地不再动弹。车夫逃往了离自己最近的掩体。有的牲畜离开了道路,有的则静静地站在原地,麻木而无知地面对着眼前的危险。

写到这里,我必须——满怀着对"布鲁克斯比"的歉意——更正前文中的比喻,因为此次追击到最后几乎一点儿也不像猎狐。炮兵打死了猎物,骑兵才跑过去捡。此次狩猎收获不少:15辆满载的运货车和17名俘虏。以上就是夺取海尔博恩的行动。

不管怎样，这次行动还是很令人愉快和刺激的。因为据我们所知，双方都没有人死亡，只有1名骑兵和5匹马受了伤。然后我们便开始往回走了。

在回镇的路上，在一所有着宽敞走廊和漂亮花园的农场房屋旁边，我发现了布尔人的医疗车，以及两名德国医生和十几个留胡须的人。他们向我们打听追击的情况："你们抓了多少俘虏？"我们反问道："战争还要持续多久？"

"这已经不是战争了。"一名红十字会的人说，"你们那么多人，可怜的恶魔都不是你们的对手。"

"但是，他们会战斗到底的。"另一个人打断道。

我看了看后者，他跟其他人显然不是一类人。

我问道："你是红十字会的人吗？"

"不是，我是荷兰军队的随军牧师。"

"你认为自由邦会继续抵抗？"

"我们会战斗到底。要不然还能怎么办？历史和欧洲会给我们一个公道的。"

"你说得轻巧，你又不用战斗；但是那些被你们拖入战争的可怜的农场主和农民呢？他们可没跟我们说他们想打仗。他们觉得德兰士瓦在利用他们。"

"但是你还有其他跟你一样的人肯定知道，你们挑战的对手实力如何。为什么你们还要催这些普通人去送死？"

"我们早就受够了英国人在这里的所作所为了。我们知道我

第十二章 一支布尔车队

们的独立受到了威胁。战争是在所难免的。我们没有骗他们。我们告诉过他们。我经常告诉我的信众，这不会是小孩子过家家。"

"你有没有告诉他们这是毫无希望的战争？"

"并非毫无希望。"他说，"我们当时有很多机会。"

"现在一点儿也没有了。"

"也不见得一点儿也没有。况且，不管有没有机会，我们必须战斗到底。"

"你对和平福音的传道很奇怪！"

"你们英国人对自由的理解很奇怪。"他回道。

于是我们没再多说，各自散了；我骑着马到了镇里。海尔博恩在我脑海中留下过记忆，现在这记忆被重新唤醒了。在小镇的旅馆里——一个普通的乡间旅馆——我发现很多英籍移民在帮忙救治受伤的布尔人——可能是枪伤。我无意讨论他们行为的正当性。他们经历过在和平环境中的人没有经历过的艰难。在其他人眼里，他们是冷酷无情的怪人。

当自由邦取得胜利的时候，他们为荷兰人效命。他们当时肯定说过"该死的红脖子"，并使用过其他类似的字眼；当英国军队大军压境时，他们的态度就立即改变了，拒绝再加入任何民兵队伍，并表示英裔移民永远不应该被奴役，表示摇摇欲坠的同盟政府使尽浑身解数也没用。

我们讨论了纳塔尔的战斗，他们对此有不同的看法。我们还谈到了阿克顿霍梅斯的行动。你会记得，作为一支非正规旅，我们对那次伏击布尔人的行动非常自豪。那是目前为止我们在图盖拉地区赢得的唯一一次毋庸置疑的胜利。

"对了,"这些墙头草咕哝道,"你们当时俘虏了那些该死的荷兰人。我们很高兴,但是当然我们不敢表现出来。"(他停顿了一下)"德门茨就是在那里死的。"

德门茨!听到这个名字,我的脑海中浮现出一幅栩栩如生的画面——这位布尔老军官躺在一个被血染红的池子里,周围漂浮着杂乱的空弹药箱,僵硬的手里紧紧攥着他妻子的信,场面凄凉而阴森。他没有怀疑过他的道路。当我看到他的脸时就知道,他已经打定了主意。他们告诉我,在海尔博恩没有人比他更渴望与英国开战;他在《佛克斯斯登报》上号召所有南非白人把英国渣滓从南非赶出去的公开信,产生了深远的影响。

他在报纸上这样写道:"让他们带5万人,或8万人,甚至10万人(这在当时是不太可能的)来吧,我们都能打败他们。"但是我们带来了20多万人,所以他所有的估算都被推翻了。他死在了一次由他领导的伏击行动中;只要有普通的预防措施,他就不会死。这就是战争的报复。他的遗孀——一个可怜的女人——就住在旅馆的隔壁。她的儿子需要她照顾。她的儿子在那次行动中被子弹打穿了肺。让我们希望他会康复吧,因为他有一位英勇的父亲。

第十三章　约翰内斯堡之战

约翰内斯堡，6月1日

5月24日，伊恩·汉密尔顿的军队从海尔博恩向西进军，袭击了铁路，与罗伯茨勋爵的大部队会合。军队长途行军，连一天都没休息，而且口粮不足，马匹和驮兽越来越疲惫，他们需要停下来歇歇。但是一个更专横的声音喊道："前进！"在白天明亮的光线下，舟车劳顿的旅队向前进军，他们的靴子已经磨烂，战马死在车轮边，护送队徒劳地追赶，"向瓦尔进发。"

现在右翼的军队变成了左翼。汉密尔顿奉命穿越铁路线，沿波什班克附近的河流漂流前进。这是第一次有可能同时看到汉密尔顿的大部分军队。

事实上，弗伦奇已经到了帕里斯，但是第7师、第11师、枪骑兵旅、特种部队、重炮和汉密尔顿的四个旅都分散在广阔的平原上，构成了一幅奇怪的画面；步兵长队和方形炮兵部队黑压压的，分散的骑兵在前面和侧翼，30000战士一起行军，他们身后是大量运输车；在他们中间，是像云柱一样的以色列人吹起来的战争气球都挂在车上，犹如云柱指引着犹太人。

26日，我们平安顺利地渡过了瓦尔河。布罗德伍德和他的骑兵在头天晚上就控制了通道，到达的步兵发现对面的斜坡被控制在英国人手中。此外，工程师们在不屈不挠的布瓦洛的领导下，在强壮的皇家骑兵卫队和禁卫兵骑兵团的协助下，在陡峭的河岸上开辟了一条很宽的路。

过了河，我们再次停下。休息24小时意味着车队要有充足的口粮和马饲料。但在早上，陆军元帅发来急电：大部队穿越弗里尼欣，挫败越来越多的敌人，只有一段铁路桥被炸毁，无论如何都要"尝试"三天内抵达约翰内斯堡，要不惜体力，不要顾忌食物的短缺。

再次前进。那天，汉密尔顿率部推进了18英里，（《战争教科书》上说，"携带辎重的师团行军10英里比较妥当"，而我们携带的辎重是一个欧洲师的10倍！）此外，他还带着疲惫不堪的运输队。幸运的是，骑兵们发现了一些饲料，数小堆奇怪蓬松的野草可是天赐之物，马吃了这些草才没有挨饿。士兵们一整天都在不断前进，太阳已经快落山了才到达营地。没有不速之客扰乱行军，只有沿着西侧的卫队开了几炮，这才减轻了行军的沉闷。

起初，我们穿过瓦尔河后，乡村的地面十分平坦，长满了青草，就跟奥兰治河殖民地差不多；但随着纵队向北挺进，地面开始变得起伏不平，虽然风景如画却十分危险。灰蓝色的山丘矗立在地平线上，牧场高低不平，变得越来越不平坦，地势越来越高，平原上分布着树林或灌木丛，光滑的岩石或含金石英石从草地里

第十三章　约翰内斯堡之战

露出来，就跟战马皮肤下的骨头一样。我们距离兰德越来越近。

27日晚，汉密尔顿的先头部队与弗伦奇取得了联系。弗伦奇带着一个步骑兵旅和两个骑兵旅，在我们左边排成梯队前进，跟我们相对于主力部队所处的位置一致。

敌情是这样的：由于地势有利于他们防守，敌人控制着强大的阵地，可能在克利普·里维耶斯堡，也可能在主兰德礁顶端的金矿线沿线。28日，因为第二天会有战斗，汉密尔顿并未率部行军太远。弗伦奇则继续往前侦察，如果可能的话，他们要突破前面的防线，毕竟骑兵的野心很大。

我和布罗德伍德将军一起策马而行，他的旅掩护汉密尔顿纵队的前进。部队现在已进入一片四面环山的地区，每一个方向都会对行军构成威胁，而且视线遭到了阻挡。

9点，我们到达了两个陡峭山脊之间的一个山口，这里没什么特别的。从其中一道山脊的顶端可以看到一片广阔的地貌。沿着我们的路线向北，是犹如一条黑线的克利普·里维耶斯堡，一直延伸到东边，我目力所及都看不到尽头，到处都可以被敌人当作阵地打击进军的部队。在西边，地貌起伏，有更多的草坡，这些草坡是平滑狭长的威特沃特斯兰德礁。天气干燥，军队行进途中多次遇到草地着火，这也许是因为我们粗心大意，还可能是敌人的计谋，烟雾弥漫，根本看不清路，空气像苏丹的海市蜃楼一样闪闪发光，令人迷惑。但有一件事却十分显眼，足以吸引和震惊所有人。兰德山脊的整个山顶周围都是工厂的烟囱。我们一路在乡村行军，已经走了将近500英里，虽然乡村充满希望，但在欧洲人看来，不免还是有些荒凉。我们突然拐了一个弯，在我们面前出现了财富、制造业和繁荣文明的迹象。我仿佛从远处看着奥尔德姆。

枪炮轰隆轰隆地响着——在宁静的兰开夏郡，多年来都没有听到这样的声音——是弗伦奇在作战。下了薄雾，再加上距离又远，我们无法仔细观察骑兵的战斗状况。我们只能看见黑压压的英国骑兵和荷兰大炮的白烟。但是，即便如此，也是一眼就能看出弗伦奇并没有取得多大进展。

随着下午渐渐过去，重型大炮的轰鸣声越来越响，布尔人已经暴露了他们的真实位置，我们知道，要把他们从那里赶出去，需要比骑兵更强大的部队展开攻击。晚上，有人看见弗伦奇的旅部在克利普河的对岸撤退。夜幕降临了，维克斯－马克沁自动机枪快速射击，掩护他的移动，由此可见，明天步兵必然将投入战斗。

12点，骑兵师的一个急件送达汉密尔顿。弗伦奇的信使说，骑兵们正在进行激烈的战斗，面对着几门40磅大炮；但这位勇敢的指挥官本人只把他从司令部接到的命令告诉汉密尔顿，即从佛罗里达向德里方丹行军，他没有提到他的处境，也没有寻求支援。事实上，正如我们后来发现的那样，他在28日的战斗实际上仅限于一场火炮决斗。在这场决斗中，尽管弹药的消耗非常大，炮声令人震惊，所幸伤亡人数（1名军官和8名士兵）并不大。

但布尔人看到骑兵在黄昏时撤退，便声称他们击退了第一次进攻，他们对兰德阵地的信心增加了；因此，他们第二天的抵抗更加顽强。《标准挖掘者新闻》通过描述另一场"英国人伤亡惨重的惨败和骇人听闻的屠杀"，结束了长时间以来的夸大与谎言。

第十三章 约翰内斯堡之战

第二天的战斗不容许这种误解。

29日，司令部的命令是，如果敌人拒不投降，就开打。弗伦奇率领骑兵师绕过约翰内斯堡前往德里方丹；伊恩·汉密尔顿奉命前往佛罗里达。在陆军元帅的指挥下，主力部队将占领格尔米斯顿，夺取纳塔尔、开普殖民地和波切夫斯特鲁姆的交会处。首长在地图上用旗子标出的这些行动，现在将由战场上的士兵尽可能地执行。

在这本书里，我不关心主力部队的战斗；但有必要说明其结果，以免读者不理解大意，在研究细节时忘记其规模和意义。

罗伯茨勋爵以惊人的速度穿过埃兰兹方丹，在格尔米斯顿突袭了布尔人。经过了一场短暂的小规模战斗，布尔人被迫从镇里溃逃，罗伯茨勋爵占领了镇子。敌军的溃逃，或者说是英军的快速推进，使9辆火车头和许多其他火车落入英军手中，从格尔米斯顿向南到弗里尼辛的路线经证实没有损坏。这些优势对行动成功的重要性有着不可估量的好处。粮草问题立即得到了改善，虽然部队依然缺衣少食，但他们的指挥官对这一当务之急的忧虑已经消除了。

弗伦奇在克利普河以南扎营过夜，刚刚离开敌人阵地大炮的射程。29日早晨8点，他向西移动，打算设法渗透，或者绕过他面前的障碍。

他在前一天占领了一片阵地，并与步骑兵一起守卫这片阵地，这样一来，如果他不能向右转，还可以打击他试图渗透的敌人的正面。为了达到这些目的，他现有的部队——3门马炮、4门机关炮和大约3000名步骑兵——根本不够，也不合适。但他知道，伊恩·汉密尔顿带着攻城炮、野战炮和2个步兵旅，就在他身后。

大约 7 点开始射击，布尔人攻击了控制 28 日占领阵地的步骑兵团，他们实际上正在掩护骑兵师的侧翼移动和汉密尔顿纵队的行进。那些步骑兵非常虚弱，他们被迫逐渐后退，一度遭到两挺维克斯-马克沁自动机枪的攻击，前沿部队被死死压制住。

但他们的抵抗持续了很长时间，确保了部队从右向左的转移。到 10 点钟的时候，弗伦奇已经向西走了很远，他很满意，他的部队绕过一个深深的沼泽，向右（北）转朝兰德山脊及其附近地区进发。

他使用马炮清除了几座山丘上的敌人，并向克利普河的排水线以北推进了近两英里，这之后前方突然出现了障碍。一个骑兵中队被派去清除堆在一个长满野草的斜坡尽头的岩石，就在这个时候，他们遭到一阵火枪的射击，在子弹的攻击下，他们退了回来，他们得到的情报是，骑兵无法继续往北行进。

与此同时，汉密尔顿下定决心穿过多恩科普山脊（不光彩的记忆），他的步兵、辎重和枪支散布在克利普河以南平坦的平原上，现在，他正率部一点点接近。弗伦奇让他的旅停下，等着他赶上来。司令部的指示非常仔细地规定了两名将军之间应遵守的关系。他们要合作，但要各自指挥。如果他们同时攻击同一座山，作为一名中将和长期以来汉密尔顿的长官，弗伦奇将自动担任指挥官。但是，在作战的时候，几乎没有这种可能，这两个能力卓绝的军人之间存在的友好感情和相互信任，在埃兰兹拉赫特带来了金子般的好结果，他们之间不会产生误解。

第十三章 约翰内斯堡之战

1点钟，汉密尔顿和弗伦奇会合，他们一起讨论了局势。弗伦奇解释了继续向前推进的困难。他必须往西挺进。另一方面，汉密尔顿的部队正在消耗最后一天的口粮，他不能再绕道而行了，他必须在那里突围，并在必要时进行正面进攻。所以大家都配合良好。骑兵师向左边移动，威胁布尔人的右翼，以配合步兵的进攻。为了使这种压力产生效果，汉密尔顿把布罗德伍德旅和两支骑兵旅借给了弗伦奇。他自己准备用剩下的全部部队攻击面前的敌人。

2点，黑压压的骑兵消失在了西边。大量步兵部队都在兰德山脊通道上，躲在掩护物后面，部队的众多运输工具停在山丘通道附近，这里只有一片沼泽，但再往东有一条河。早晨的火炮攻击已经结束了。右侧的交火断断续续的，步骑兵仍在顽强作战。侦察结束了。战斗即将开始，在这中间有一阵短暂的平静，这是暴风雨前的平静。士兵们在烈日下默默地嚼着饼干。军官和参谋吃了一顿简朴的午餐。伊恩·汉密尔顿和他的副官马尔伯勒公爵分着吃了我包裹里的东西。我密切观察着将军。乐观的人宣布布尔人已经逃走了，但他比他们更了解战局。没有人比他更清楚地认识到，掩藏在岩石后面、带着毛瑟枪的荷兰人是多么可怕的敌人。尽管有骑兵转向等动作，但即将到来的进攻必须是正面攻击。补给短缺，不允许进行更大范围的进军；停止就等于挨饿；摆在我们面前的困难有很多，长满野草的平缓斜坡上有六堆岩石，此外还有狭长光秃的兰德山脊，天知道那里藏了多少敌人，所以情况并不容乐观。

就我而言，有那么两三次我看到步兵在这样一个地方和这样的敌人交战后，浑身是血、支离破碎地回来。尽管我在这件事上没有失去名誉的风险，更不用说丢掉性命了，但我承认我还是会心有不忍。但是，对于承担所有责任的人，这个结果对他来说意味着一切，他却显得无动于衷。事实上，我几乎可以把自己同时想象成将军和新闻记者，尽管这种安排可能很难奏效。

3点整，步兵开始进攻。布鲁斯－汉密尔顿少将率领第21旅进攻左路，斯宾塞上校率领第19旅从右路进攻。整个师团由史密斯－多里恩将军指挥。时间已晚，炮兵几乎没有时间准备，他们在步兵暴露在炮火之下的几分钟前才开始战斗。

必须注意的是，他们为这次攻击提供的炮兵连和支援，并不像人们所预料的那样有效。但指挥一支混合了各个兵种的部队的将军，必然会信任他手下的各种专家，至少在事实表明他们缺乏精力或能力之前是这样。

步兵推进是在最现代的原则基础上发展起来的。每个旅负责大约2英里左右长的前线，第一队的散兵分队之间彼此相隔不少于30步。布鲁斯－汉密尔顿在左路展开的攻击比右边开始得早一些，而随着城市帝国志愿军在第一道战线上的出现，他的整个指挥权很快就延伸到了开阔的草地上。

3点刚过，最左边响起了弗伦奇部队的炮声，与此同时，右边的枪炮声又响了起来，没出半小时，整个大约6英里长的前线上的战斗都打响了。

第十三章 约翰内斯堡之战

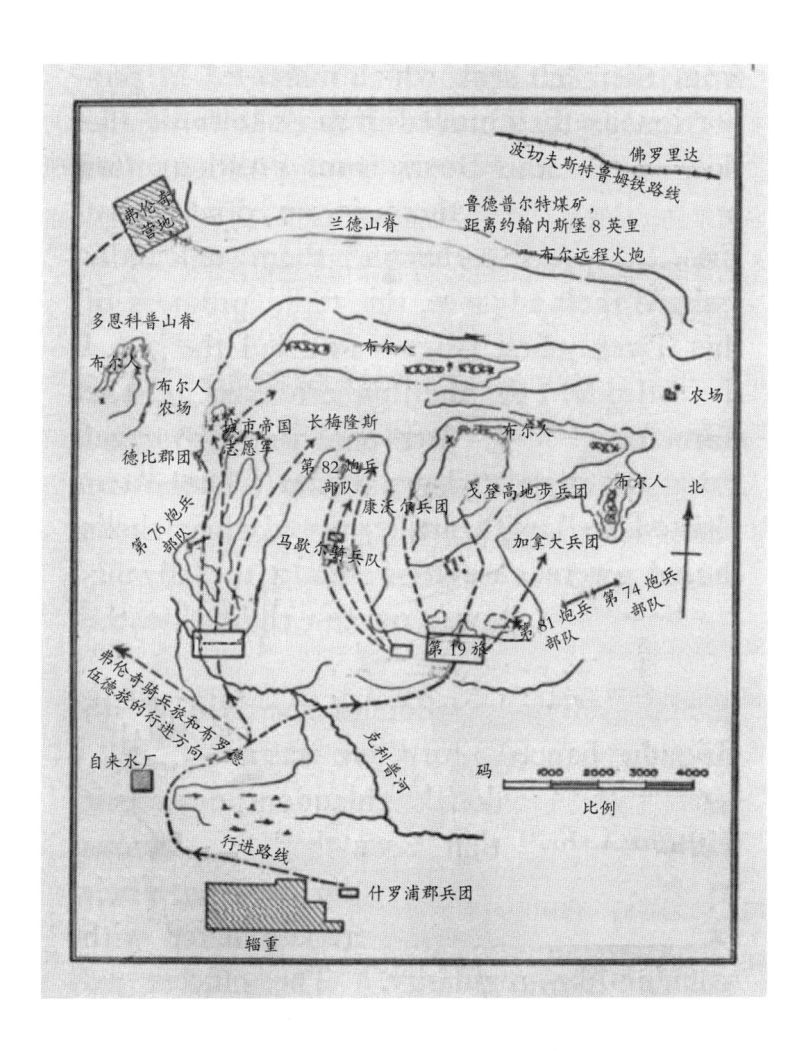

伊恩·汉密尔顿在约翰内斯堡前方的战斗。

左边的进攻是由布鲁斯-汉密尔顿少降指挥的,他充满激情,能力卓绝,率部沿一个低矮的山坡前进,他奉命向内迂回,以配合右边正全力战斗的骑兵。城市帝国志愿军以极大的勇气和精神向前推进,尽管他们的左后方情势危急;随着他们向右推进,那里的战况越来越呈现白热化,城市帝国志愿军还是把布尔人从一个阵地赶到另一个阵地。弗伦奇对敌人的钳制肯定有益于他们的推进,但第21旅的迅速进展使他们和他们的指挥官获得了最高的荣誉。卡梅伦高地旅和舍伍德林地兵团支援了这次进攻。布尔人用大炮顽强抵抗,他们的炮弹致使前进队伍中出现了数人的伤亡;但最激烈的战斗发生在右翼。

第19旅的领头营碰巧是戈登高地旅,因为没有别的选择;看着这个著名的团向敌人进攻,我也感到很激动。他们的延伸和推进具有机器般的规律。军官们向士兵们解释了各种要求。他们必须快速前进,受到来复枪攻击才能停下,然后听命令是否继续前进。

基特拉尔、达盖、巴拉谷、麦格尔斯方丹、帕尔德堡和胡特内克的老兵们,悠闲地向前走着,对于他们当时说的话,仅能找到一条私人记录:"比尔,今天又要翻山越岭了。"渐渐地,整个营从树木茂密的山脊上撤了出来,平原上布满了部队,看上去像是长长的棕色虚线。这时候,两个营在右边的防线用两门5英寸大炮开火,弗伦奇和布鲁斯-汉密尔顿的炮兵也开了炮,很快响亮的炮声就连成了一片。

第十三章 约翰内斯堡之战

荷兰人立刻用三四门大炮反击,其中一门在兰德山脊的主峰上,似乎是一门重炮,另一门是从戈登高地旅要去的山丘上发射的。但是,布尔步枪兵蹲在岩石中间,要等目标近了再开火。就在部队一点点接近敌人的阵地时,两个旅开始不自觉地分开了。斯宾塞上校的部队向右延伸得比伊恩·汉密尔顿或史密斯-多里恩预想的还要远。布鲁斯-汉密尔顿在左侧向前推进,发现自己越来越想面对左侧后方的骚扰攻击。这两种倾向都必须纠正。一个叫希金森上尉的军官把戈登旅的方向转向了左边,他不顾枪林弹雨,勇敢地冲进了火线。布鲁斯-汉密尔顿奉命向右靠拢,而不顾左肩后面越来越大的压力。然而,差距仍然很大。但正是由于这次不幸,伊恩·汉密尔顿设法获利了。史密斯-多里恩已经指挥剩下的唯一一个营——苏塞克斯营——来填补这段时间的空缺,将军现在从缺口里插进一座炮台,几乎与左右两排步兵的前锋线齐平。

这些大炮的火力,再加上布鲁斯-汉密尔顿和弗伦奇的转向所带来的越来越大的压力,他们现在正在向西走很远的地方推进,削弱了敌人在戈登旅进攻的柯普耶山上的阵地。然而,当娴熟的指导和大胆的指挥都被赋予了价值时,荣誉和胜利的代价一样,都被归功于戈登高地旅,而不是所有其他部队的总和。

他们前进的岩石在这次事件中被证明是敌人阵地的核心。他们前面的草地被烧得很旺,在这黑暗的背景下,卡其色的人影清晰地显现出来。荷兰人按兵不动,直到炮弹落在800码以内,然后，比炮弹声更响的是，密集的来复枪发出不祥的响声。在黑色的斜坡上，子弹击中的地方弹起了灰蒙蒙的尘土，就像前进的士兵一样。但前进既没有停止，也没有加快。

戈登高地步兵团迈着不屈不挠的步伐，不受危险或情绪的干扰，一刻不停地向前进军；为了尽可能避免被敌人包围，他们先是向左转，然后向右转，以便在最适合进攻的山脊尽头占据阵地，最后，他们发起进攻。黑色的斜坡像喷气式飞机一样闪烁着刺刀的闪光。高低不平的天际线上竖立着方格呢裙的人影，他们严于律己，目空一切，沉默不语渐渐逼近敌人。

布尔人不敢迎敌。他们激动地掏出弹夹，近距离射击，慌乱地逃到主山脊。战斗也不再悬而未决。

战斗仍在继续。在步兵前面，敌人使用步枪开火了。弗伦奇的炮兵远至左侧，他们正在炮轰撤退的布尔人。汉密尔顿部队的先进火炮不停地开火。战斗并没有随着白天一点点过去而停止。大片燃烧着的草地在田野上投下了怪异凶恶的火光，在这种光线下，顽强的对手们抵抗了将近一个小时。

然而，炮击最后还是减弱停止了，随即开始了来复枪的射击。夜晚的寒冷和寂静取代了白天的喧闹。成群结队的士兵集结起来重新排列，救护车和行李车从后面到了前面，燃烧着的草原被摧毁了，数百处用来做饭的火堆在黑暗中闪烁着更加亲切的光芒。

将军骑马前进，发现戈登高地旅聚集在他们刚刚拿下的岩山上。英勇的伯尼负责指挥前线，却受了重伤。圣约翰·迈里克牺牲。9名军官和88名士兵在攻击中阵亡；但活下来的人都感到自豪和高兴，因为他们知道自己为这个战功赫赫的团增添了荣誉，至少相当于埃兰兹拉赫特或达盖的功绩；除此之外，他们可能还认为，他们的奉献使英国不仅向胜利迈进了一大步，而且更接近光荣了。伊恩·汉密尔顿对他们说了几句简短的话，表示感谢和赞扬："我父亲指挥过这个团，我生来就在这个团。"他告诉他们，在几个小时内，整个苏格兰都会听到他们的事迹。苏格兰会对他们非常热情，因为苏格兰比其他任何民族的人都更亲近军人。

然后我们骑马回营地，搜寻队伍的灯笼在岩石间晃来晃去，有声音喊道："担架手到这边来！""这儿还有伤员吗？"偶尔也会有微弱的反应。

这次攻击十分巧妙，除了戈登高地旅，损失并不严重，总共约有150人伤亡。我们称这场战斗为约翰内斯堡之战。镇子以西由德莱利和维尔约恩率领的所有敌人全面向北边的比勒陀利亚撤退，这场战役同时配合陆军元帅的行动，使整个威特沃特斯兰德投降。

弗伦奇在黎明时分继续行军到德里方丹，缴获了一门炮和几名俘虏。伊恩·汉密尔顿进入佛罗里达，在那里和马赛斯堡发现了足够的补给，使他的军队能够维持到补给运输队抵达。

第十四章　攻陷约翰内斯堡

约翰内斯堡，6月2日

天刚破晓，军队已准备好在必要时再次开战。但是敌军已经逃离。兰德山脊仍横亘在我们面前。在夜幕的掩护下，守军已经从所有据点撤离。法国骑兵中队正朝着东方爬坡，驱马前往埃兰兹方丹（北部）。汉密尔顿的队伍距离佛罗里达仅6英里，因此他们并没有匆忙动身，于是我们得空检查了昨天的战场。白天骑行在戈登高地旅发动进攻的场地，我们更能感受到他们所克服的巨大困难。从我曾观察这次行动的地方看，布尔人似乎占据着一座长长的黑色山丘，小山高约40英尺，从草原之上突兀而起。现在仔细再看，这个山丘的险峻是因草地被烧焦之后而产生的错觉；实际上，地面几乎没有起伏，而原本被我们视为敌军据点的位置只不过是一群突起的石块，与敌军实际防线之间大约有200码的空地。

环顾四周，我发现了一个肩宽面善的高地人，他身披边地缎带，这意味着他曾参与了戈登高地旅的激战。由此判断他可能对那场战斗有所了解，于是我请求他描述战斗的场面以及结果。

"好吧，你看，先生。"他语速飞快地说，"我们经常遭到玩弄。当我们刚走上那块烧焦的草地时便遭到了攻击。然后我们冲向那排石块，以为布尔人在那里。然而他们根本不在，而是在远处你看到的那些大石块那里。我们上气不接下气，队形散乱，不得不紧紧围坐在那里等待。"

"他们火力很猛吗？"我问。他像专家一样抬起头。

"我见识过更凶猛的火力，但是那已经足够了。我们在那里损失了40多名士兵。可怜的蒂斯先生就是在这块石头后面受了伤。现在还可以看到血，先生，就在这些泥土上。"

我顺着他指的方向看去，然后他继续说道：

"我们知道当时需要朝那些石块冲过去，那看起来似乎无法完成，但是我们没有退路——从来没有哪个士兵能够在如此凶猛的火力下再次活着穿过那片黑色的草地，但也没有任何攻击可以将他们吓退。子弹击中岩石发出嘈杂的声响，没人能听到长官的声音，场面一片混乱！但是稍后他们中的两三个人成功地聚在了一起，告诉我们他们希望做什么……然后，一切都顺利地完成了。"

"什么顺利完成了，你们又做了什么？"

"我们继续向前冲，占据了另一条战线，得到了一丝喘息的机会，就是那些大石块那里。当时只有这一条路。"

他似乎并没有惊讶于自己手中的武器。他认为这是他应该做的一项艰苦工作，而且，他已经理所当然地完成了相应的工作。在征服战争的关键时刻，这样的武器多么值得信赖！他是一个自豪而聪明的人，他仔细研究过战术，并且曾在正规学校学习过很多知识。

我没有再往前行进哪怕 100 码，当凄惨的画面出现在眼前时，我满脑子都是对他的钦佩。在一堆石块附近，18 名戈登高地人——刚和我交谈过的高地人的同胞——倒在地上排成一排。他们脸上盖着毯子，鞋子已被脱掉，穿着灰色袜子的双脚看起来非常凄惨。他们那冰冷的尸体静静地躺在宏伟的班克特石礁之上。我知道对于他们的同胞而言，他们的生命和外国人趋之若鹜的黄金相比要珍贵得多。望着死去的战士和他们身下的土地，我和同行的军官都无法抑制内心的无名怒火，我们怒视着兰德高高的烟囱。

伊恩·汉密尔顿将军，史密斯－多里恩将军，他们手下的所有士兵，以及所有希望向勇敢的战士致以最后敬意的人都参加了他们的葬礼。退伍老兵们站在坟墓三侧，围着中间的空地，将军和士兵们站在另一侧。哀悼的人们放下手中的武器转过身，牧师宣读了葬礼悼词，然后尸体被放入战壕，管乐队奏起了挽歌。空气中弥漫着凄惨悲凉的音乐，士兵们情绪起伏，一动不动地站着，一种奇怪而又确实存在的力量支配着他们。战争结束之后的哀悼沉痛而凄惨，友谊破裂，野心丧失；然而，现在这些悲伤的音符中还掺杂着许多胜利的音符，唤起了每个人心中的希望。

汉密尔顿的队伍已经在 10 点钟全部动身，在此之前，前卫队已经越过佛罗里达到前方的山丘上放哨。佛罗里达是约翰内斯堡的植物园。横跨宽阔山谷精心修建的大坝形成了一个水深且美

第十四章 攻陷约翰内斯堡

的湖泊。湖岸的澳大利亚松树林为行军队伍提供了喜人的阴凉。矿区建筑中黑白色的尖顶烟囱在深色的树叶上方格外显眼。旁边有一个小而舒适的酒店，名为"隐退居"，和平时期的周日，那些忙于经商而疲惫不堪的投机商会到那里休整。石礁沿线每个地方都有工业和商业活动。平坦的碎石路纵横交错，夺人眼球的广告吸引着路人的目光。电报和电话线在头顶交织延伸。这片土地因众多矗立的方尖碑而与众不同，碑上刻有各种各样总能在报纸广告栏看到的奇怪名字。总而言之，对于我们这些衣衫褴褛的流浪者来说，来到这里似乎已经摆脱了非洲和战争，且安全地回到了和平与文明的社会之中。

士兵已经吃完了他们最后一天的口粮，那天早上他们吃的东西仅仅是部队里可能有的所有零碎食物，他们急需找到一些补给品。陆军元帅曾下令称任何军队在得到他的特殊指示之前都不得进入约翰内斯堡；但是，在佛罗里达他们几乎找不到食物。汉密尔顿派他的后勤人员和一个中队前往马瑞斯堡，他们带着一批兔肉罐头和沙丁鱼罐头回来了，并且打听到布尔人在朗格拉格特矿区附近。

早上我们截获了一辆火车和一些战俘。这辆火车正从波切夫斯特鲁姆返回，由6名武装人员护卫，当我们将步枪指向他们时，他们乖乖地停了下来向我们投降。没有骑马的骑兵和机动步兵四处搜寻，抓获了其他俘虏并将他们押了回来。其中包括指挥官博塔，不是路易斯也不是菲利普，而是左特斯班斯堡突击队的博塔，一个勇敢而诚实的家伙，他参与了从塔拉纳山战役开始到最后的每一次战斗。他很满意命运已经决定不再让他参战了。听说他在总部附近被重兵看守之后我前去看望了他。他没有表现出任何苦涩不满的情绪，似乎已经准备好接受战争的裁决。他焦急地询问他是否会被送往圣赫勒拿，并表现出了对大海孩子般的恐惧。当我们聊天的时候，另一个一直专心地望着我们的布尔人囚犯突然用非常地道的英语说：

"我上一次见到你时，你在我的位置，而我在你的位置。"

然后他继续告诉我，他曾经在摧毁过装甲列车的突击队中服役。"那天我对你充满了歉意。"他说。

我又说，在战争初期被俘比在战争末期更糟糕，就像他那样。

"你认为已经结束了吗？"指挥官立马问道。

"这个问题应该由我问你。"

"不，不，还没结束。他们还会进行战斗。也许他们会守卫比勒陀利亚，也许你将不得不前往莱登堡，但现在看来那些战斗都不会持续很久。"

随后，既然他和他的同伴都经历过纳塔尔战役，我们便开始讨论其间的各个行动。伊恩·汉密尔顿在我们谈话的时候出现了。我告诉指挥官我们曾认为布尔人在向纳塔尔投入主力部队，但我们犯了一个致命的战略失误，实际上他们只须守住要塞，在马弗京和金伯利进行伪装，然后带着他们的所有人马向南行进到殖民地。他承认他们应该那样做。"但是，"他说，"我们在纳塔尔的重大失误并不是袭击莱迪史密斯—普拉特兰德据点，你知道我们

第十四章 攻陷约翰内斯堡

在伦巴德山取得胜利后的第二天，我们都在责怪朱伯特。我们当中许多人都想乘胜进军。然而前方没有堡垒，士兵们士气低落。如果我们当时占据了普拉特兰德（恺撒营地），那么你们就不可能守住这个城镇。你们总共有多少人？"

"第一周只有一支纠察队。"汉密尔顿将军说。

"啊！我就知道我们可以做到的。那然后会发生什么呢？"

"我们应该会把你们拒之门外。"

指挥官笑了笑。将军继续说："是的，正如你所说，在夜晚手握刺刀的我们是不可能守住这个城镇的。"

"那时，"博塔说，"你们聚集在一起，但是在经过尼科尔森峡谷之后的三天里，我们根本不用担心你们的刺刀。如果我们当时冲向你们（那时我们所有人都在，也不用考虑布勒），你们完全无法把我们拒之门外。"

汉密尔顿停顿了一下，说道："也许不能。为什么朱伯特不尝试呢？"

"他太老了。"博塔满脸鄙夷地说，"必须让年轻人参加战斗。"

在我的记忆中这便是我们所有的谈话。但是，两周后，我在比勒陀利亚街头碰上了博塔。他告诉我他已被假释，显然汉密尔顿将军没有忘记他的坦率气概。

午饭后，我非常渴望进城，如果可能的话，穿过约翰内斯堡。有一项重要行动只有两三名记者见证了，由于敌人位于部队和电报线之间，因此没有任何消息传回。事实上，汉密尔顿早上已经派出了两名带着信件的里明顿侦察员，他们必须迅速向南行进，但是似乎不可能抵达罗伯茨勋爵所在的位置，即使顺利抵达也将是深夜。最短，或许也是最安全的道路便是穿过约翰内斯堡。但这样的行动是否值得冒险？当我在临时总部的走廊里反复思考这个问题时，从城镇方向过来了两名骑单车的人。我和其中一个叫劳特莱的法国人聊了起来。他来自朗格拉格特矿区，他知道那里曾发生的事情。据他说，布尔人并没有在那里。城中可能有也可能没有布尔人。陌生人可以穿过城镇吗？他认为可以，除非他被拦下来问询。他也准备进城，他还说，如果我想去的话，他愿意做我的向导。把电报传到伦敦非常重要，再三考虑之后，我决定接受他的好意。为了把行动的详细记录和他抵达佛罗里达的消息传回伦敦，汉密尔顿将军很高兴利用这个甚至存在风险的办法。于是问题立刻得到了解决。劳特莱的朋友是一个很随和的人，他毫不犹豫地跳下单车，并将它交给了我。我脱掉卡其色的衣服，换上小旅行包中的浅色衣服，然后摘掉宽边软帽，戴上了另一顶软帽。劳特莱将信件放在口袋里，我们毫不迟疑地出发了。

路况非常糟糕，我们在山丘之上迂回起伏，经常陷进深深的沙地。但单车骑起来很方便，我们顺利行进。劳特莱对这里的每一寸土地都非常熟悉，他带着我避开所有大路，沿迂回小道从一个矿区来到另一个矿区。我们绕过一个又一个尾矿区，越过一些私人电车路线，时而穿过茂密的冷杉林，时而穿行于巨大的机器棚屋之间，那些机器现在都已停工闲置。经过45分钟的骑行之后，我们顺利抵达了朗格拉格特，在这里，我们发现了一名里明顿侦察员正小心翼翼地朝着城镇前进。因为他身着制服，全副武装，所以我们不得不在一个房子后和他谈话。他对前面的情况充满疑虑，只知道部队尚未进入约翰内斯堡。"但是，"他说，"两个多小时前，《泰晤士报》的记者从我身边走过。"

"骑马？"我问。

"是的。"他说，"骑着一匹马。"

"啊！"我的法国人朋友说，"糟糕。骑马是不可能顺利通过城镇的。布尔人会将他逮捕。"他对这样的冒险显得非常激动，然后说："此外，即使他逃离了布尔人，城里的人也会愤怒地攻击他。"

于是我们加快了速度。这条路现在大部分都是下坡，两侧的房屋变得越来越多。天色渐暗，靠近地平线的太阳将我们长长的身影投射在身前的白色小道上。最后我们转向了一条普通的街道。

"如果他们阻止我们，"我的向导说，"你就讲法语。'法国人身上的气味闻起来很香。'你要讲法语，知道吗？"

我觉得我的口音可能足以欺骗一个荷兰人，所以我说没问题。随后我们便开始用法语交谈。

我们避开了主干道，骑单车穿过贫困区稳步前进。寂静得几乎荒凉的约翰内斯堡在我身旁延伸着。一群看上去喜怒无常的人在街角聊天，用怀疑的眼神注视着我们。所有店铺都已关门。大多数房屋的窗户都被木板封上了。夜幕迅速降临，黑夜加剧了共和党存在的最后一天中整个城镇的阴郁气氛。

突然，当我们穿过一条小巷时，在一条与我们所走的路平行的街道上，三个头戴宽边软帽、肩挎子弹带、表情怪异的人让我联想到了布尔人。但现在停下或转身都是致命的。毕竟，在敌人家门口，他们可能会担心失去对这里的占有权。我们顺利地来到了中央广场，我的同伴冷静到了令人钦佩的地步，他给我指明了邮局和其他公共建筑的位置，一直讲着法语。现在我们面前的斜坡如此之陡，以至于我们不得不下来推着单车前进。在这种情况下，我警惕地听到了身后逐渐接近的马蹄声。我努力压抑着内心的躁动向身后望去。

"那人是布尔人。"劳特莱轻声说道。

我缄默不言。那个人越来越近，他骑马超过了我们，然后勒马慢步走在我们身旁。我忍不住——也许这是自然反应，如果是这样，那我应该只看他一眼就完，这才是明智的选择。他确实是布尔人，我认为他肯定是从国外回来的。他从头到脚全副武装。他的战马身上配着英国军用马鞍，上边载着一整套行军装备。钱包、马鞍袋、饮水杯、手枪皮套全都在那里。他的步枪斜挎在背上，肩上挎着两条完整的子弹带，第三条缠在腰上，显然是一个危险的来客。我望着他的脸，然后我们的目光相遇了。光线昏暗，不然他或许能看到我面色已变。他面色苍白，相貌凶狠，从一个带有一大片白色羽毛的宽边软帽下用让人生厌而残酷的眼神注视着我。然后他漫不经心地转过身去。我觉得他应该以为我这个可怜的城镇平民希望看一眼如此风光的高贵骑士。然后他策马向前慢跑。我长长地舒了一口气。劳特莱笑了起来。

他说:"约翰内斯堡有很多骑单车的人,我们看起来非常普通,没有人会阻止我们。"

我们开始接近城镇的东南郊区。如果最初的进军计划成功实施,罗伯茨勋爵的先头旅应该已经近在咫尺。劳特莱说:"我们要不要问问?"但我觉得最好先等一等。随着我们继续前进,街道变得更加荒凉,最后我们发现只有我们孤零零地走在路上。在超过半英里的路中我没有看到一个人。后来我们遇到了一个看起来衣衫褴褛的人,当下,目光所及范围内没有其他任何人,夜色漆黑,而那个人一副老弱无力的样子,于是我们决定上前问他。

"英国人的哨兵就在山顶。"他笑着说。

"多远?"

"5分钟吧。"

200码之外,3名英国士兵走近了我们的视野。他们手无寸铁,散漫地向城中走去。我拦住了他们,问他们属于哪个旅。他们回答说,麦克斯威尔旅。

"纠察队在哪里?"

"我们没有看到任何纠察队。"其中一人说。

"那你们在做什么?"

"寻找食物。我们已经吃够了那些糟糕的军粮。"

我说:"如果你们进城,便会被俘或击毙。"

"什么?"他们其中一人说,对这种难以置信且可能发生的事情深感兴趣。

我重复了一遍，并补充道："布尔人仍在街上骑行。"

"好吧，那么，我不信。"他坚决地说，"让我们回去尝试一下那些可能发生在我们营地附近的事儿吧。"

于是我们一起前进。

我发现在城镇周围没有纠察队。麦克斯威尔在某个地方肯定安排有一支纠察队，但他们肯定没有阻止任何人自由通行；因为我们从来没有被阻拦过，而且，走在路上，很快我们便发现自己身处一个大型营地中。现在对我的同伴而言我变得有用了，如果说他认识路，那么我认识这里的部队。我很快就找到了一些熟识的军官，从他们那里我们得知罗伯茨勋爵的总部不在埃兰兹方丹（南部），而是在其后距离近7英里的杰米斯顿。现在一片漆黑，看不到任何路标，但劳特莱声称他认识路，无论如何，这些信息都必须传给报社和政府。

我们离开了麦克斯威尔旅营地，穿过一个村落，以便直达南部主干道。现在，单车成了巨大的累赘，因为这条路穿过茂密的冷杉林，被频繁出现的铁丝网、沟渠、坑洞和长草所阻。但是，劳特莱认为一切都会很顺利，结果证明他是对的。艰难跋涉了一个小时之后，我们来到了铁路旁，看到左侧更多的营地篝火之后我们转身沿着它们行进。朝着这个方向行进半英里之后我们来到了另一个营地，同样也没有人阻拦我们。我问一个士兵他属于哪个旅，但他不知道，他简直愚蠢到让人头疼。几码之外一群军官

第十四章 攻陷约翰内斯堡

聚集在一堆高大的篝火周围，我们上前去问他们。这次我了解到了塔克将军的糟糕经历。当他驻扎在塞康德拉巴德时，我就认识当时还是印度第7师指挥官的他，他以惯有的礼貌欢迎我。他曾在黄昏时分和他的先头旅一起被派去加入法国军队，以包围约翰内斯堡，但是夜幕阻碍了他的行军。除此之外，骑兵部队尚未传来任何消息，他不确定法国人在哪里。当然，他有兴趣听听城镇西部发生的事情，以及前一天激动人心的事件。他给了我一些威士忌和水，然后给我指明了前往陆军元帅总部的方向。那里似乎距离杰米斯顿2英里，在这条公路以西一英里半的位置，位于一座小山丘上一栋孤零零的房子里，小山丘旁边矗立在一座巨大的水塔。他把我们带到斜坡上几英尺处，以防在黑夜中我们找不到那些标志，在那里我们看到了夜幕中一片长方形的闪闪发光的地区。那是第11师的阵营。那附近便是陆军元帅的总部。得到了他的指示之后，我们便重新踏上了旅程。

就像劳特莱所承诺的那样，半小时后我们来到了一条硬实的公路上，单车很快便重新发挥了作用。天气很冷，我们兴奋地以每小时10英里的速度前行。以这样的速度，20分钟后我们便来到了杰米斯顿。我不知道应该去哪里用晚餐或找张床，于是便在旅店对面下车，看到灯光和一些旅客之后，我便走了进去。在这里，我碰上了《泰晤士报》的首席记者莱昂纳尔·詹姆斯先生。我问他的下属是否已经从汉密尔顿的部队来到这里。他说没有。当我告诉他他的下属比我早走两个小时的时候，他看起来忧心忡仲；我身旁的法国人则无法掩饰他那无情的鬼脸。我主动告诉了他一些关于此次战斗的细节供他采纳，（有什么比一个嫉妒的记者更可憎的呢？）但他说我能过来实属幸运，他不会想着夺取我的资源。唉！报社在战争中的日子已经结束。一个传感器，48个小时的延迟，一次只能传输50个字符的电报线，这些又能让我们做些什么呢？此外，谁能与罗伯茨勋爵竞争特约记者的职位？没有人对他的日常信息漠不关心；很少有人反对那些信息的风格以及简单的优雅辞藻。没关系，一切都好。

我们匆匆地结束了并不是太好的晚餐，安心地将用餐时占用的一半台球桌让了出来，所有的长椅都已被占用了。于是我们再次启程，这次我疲惫不堪，双脚酸痛。在尘土飞扬的道路上行进2英里之后我们来到了营地。我找到了更多知道军队总部所在地的军官，最后，大约在10点半时，我们来到了那栋孤零零的房子面前。我们把信件一封一封地送了进去，几分钟后，克里勋爵走了出来说统帅想会见信使。

现在，在这场战争中，我第一次与我们的伟大统帅面对面。房间很小，家具简陋，他和他的下属刚结束晚餐，围坐在一张占据了房间大部分空间的餐桌旁。他身旁是威廉·尼科尔森爵士（他负责安排军队的所有运输工作，这项工作的功劳通常会给予基奇纳勋爵）和他的私人秘书内维尔·张伯伦上校，他们都是印度军校的士兵，在那里他们参与过真正的战斗，他们两人都曾在阿富汗军官的指挥下服役。另外还有亨利·罗林森爵士，我最后一次

第十四章 攻陷约翰内斯堡

见到他是在乔治·怀特爵士的桌子旁，敦唐纳德闯入莱迪史密斯的那个晚上。詹姆斯·希尔斯-琼斯爵士也在场，他曾因镇压印第安人暴乱而获得维多利亚十字勋章，还有一些随从和其他一些我记不起来的人。

陆军元帅从他的位置上站起来和我们握手，并以最隆重的方式请我们坐下。他已经读了一半汉密尔顿的信件。

"这第一部分我们已经知道了。"他说，"我想，两位里明顿侦察员大约一个小时前来过这里。他们冒着巨大的危险前来，途中被追击了很长一段时间，但最终安全逃脱。我很高兴得知汉密尔顿在佛罗里达。你是怎么过来的？"

我简短地做了描述。他的眼睛闪烁着光芒。我以前从未见过如此非凡的眼睛。我记得曾多次被这双眼睛惊住。他的面容始终如一，但那双眼睛却传达着最强烈的情绪。有时它们闪烁着怒火，你会看到那双眼睛背后的黄色烈焰。面对这双眼睛，最好把话直截了当地说出来，并尽快结束会谈。其他人的眼睛则闪着钢灰色的光，冷酷而坚决，任何看到这样眼神的人都会冷静下来。但是现在，他们的眼睛闪烁着愉悦欢快或赞美的光芒，或者，无论如何，都是一些友好的东西。

"给我讲讲这次行动的详情。"他说。

于是我告诉了他我所知道的一切，就像我在这些段落中所写下的一样，尽管不是那么长，但我认为我完整地复述了整个故事。他不时地问到炮兵部队集中的细节，或者步兵正面部队的长度以及其他一些技术问题，很幸运，我熟知这些问题。部队没有口粮的事实似乎让他非常烦恼。他特别感兴趣的是汉密尔顿"在30步范围内"与众不同的进攻，炮台如何几乎撞上敌军的火线，但他最想听的是戈登高地旅的冲锋。当我讲完时，他说："戈登高地旅总是做得很好。"然后他问我们接下来的计划。劳特莱说他会立刻回去，但首领说："晚上最好待在这里，我们会帮你们准备好床位。"于是我们便留了下来。他问我是否也打算第二天早上回去。我说，既然我已经把电报送到了电报办公室，我便不会再冒险了，我打算在这里等着看英国人占领这个城镇。他大笑起来，说我讲得很对，再次被抓就非常不明智了。然后他说他第二天早上会给汉密尔顿写一封信，跟我们所有人道了"晚安"之后，他便回到了他的马车上。我也找到了一张舒适的床，这是一个月以来我睡的第一张床，疲惫至极的我很快便进入了梦乡。

罗伯茨勋爵第二天写给伊恩·汉密尔顿的信的部分内容刊登在了报纸的侧栏。这封信在一定程度上解释了为什么私人士兵更愿意为"鲍勃·巴哈杜尔"英勇冲锋，而不是其他任何人。

"你们不断取得成功让我很高兴，对于那些没有口粮的可怜士兵，我感到非常悲伤。今天一列满载物资的列车将会到你们那里去。我希望今天上午得到约翰内斯堡投降的消息，然后我们将进入城镇。我希望你们那些做出了巨大贡献的队伍能加入我们。"

"告诉戈登高地旅，拥有高地人与我并肩作战我感到十分自豪。"

第十五章　攻占比勒陀利亚

比勒陀利亚，6月8日

总司令有充分的理由希望立刻攻进敌人的首都，而不是在约翰内斯堡等待，虽然我们几乎不知道这些理由。但是士兵们精疲力竭，物资短缺，这让他们不得不停下休整两天。6月3日他们恢复了进军。队伍分三列进军。左翼在前成梯队排列，由弗伦奇骑兵师组成；中间是伊恩·汉密尔顿的部队；右翼最靠近铁路的队伍包括第7和第11师（不到一个旅的队伍留下来驻守约翰内斯堡），戈登高地旅和直属部队都由陆军元帅指挥。

除了弗伦奇部展开了小规模战斗，这三支队伍都没有遭到任何布尔人的阻击，他们大步向前推进，情报部门收集到的所有信息似乎都预示着他们将和平地进入首都。情报如此确切，以至于6月4日黎明时分，汉密尔顿的部队改变了之前前往埃兰兹方丹（这是另一个埃兰兹方丹，位于比勒陀利亚以西）的行军路线，加入了主力部队中，并领命在城西的比勒陀利亚树林扎营。弗伦奇部未接到改变行军路线命令，便继续进行大规模转移，然后在一个村落遭到了布尔骑兵的进一步阻击。

10点钟时有消息称，带着机动步兵位于主力部队前方的亨利上校在比勒陀利亚郊区并没有遭遇任何敌军。部队继续集中，当伊恩·汉密尔顿的部队行将与罗伯茨勋爵会合时，突然响起的炮声让我们意识到我们的期望过于乐观。军队刚刚越过一个复杂的河道，亨利上校与机动步兵已经占据了制高点。但在这里他们遭到了凶猛的阻击。一些布尔人占据着比勒陀利亚南部堡垒沿线一个林木覆被的山脊和几座高山。

罗伯茨勋爵决定守住已经占据的地方，他命令炮兵部队向前推进，然后下令让伊恩·汉密尔顿立即率领骑兵部队前去支援亨利上校。所有这些很快就完成了。骑兵急速向前冲去，爬上陡峭的山坡，沿着山脊支援薄弱的进攻队伍。第7师的炮兵在英军主力部队前方开火。布尔人用轻快的步枪还击所有的3座炮台，吸引了炮台的凶猛火力。

与此同时，步兵队伍正在紧急行动。第14旅排开阵型准备发起进攻。半小时后，波尔－卡鲁将炮台向右延伸排布，大约2点半，陆军部队和重型炮兵部队开始进一步延伸排列。下午3点，50座炮台在主力部队前方开火，第7和第11师都已经排好作战阵形。作为冲锋信号的气球升起，在空中飘浮了1个小时。

在此期间，汉密尔顿率军迅速向前推进，史密斯－多里恩的步兵第19旅占领了高地战线，从而使骑兵部队不必再转向移动。第21旅也进前支援。汉密尔顿面前的高地非常陡峭，他的炮兵

第十五章 攻占比勒陀利亚

部队无法发挥作用，经过艰苦的人力拖曳之后，只有一座炮台和一门排发炮准备就绪。然而，这些炮火并没有任何效果，只是清除了山脊上的草木，布尔人靠着成排的纵射炮据守山脊。

汉密尔顿召集了所有骑兵队伍后，立即派他们前去支援布罗德伍德，他之前派布罗德伍德绕过敌军右翼。地面状况对他们的行动非常有利，到了下午4点半，骑兵部队已经进入布尔人据点旁的平原，包围了他们的侧翼，逼迫他们撤退。

莱斯上校的机动步兵主要由澳大利亚人组成，他们的绕行路线更短，在发现布尔人带着一挺马克沁机枪撤向镇子之前，骑兵部队便来到了大片平地之上。于是他们立刻追了上去，强壮的新南威尔士驯马全速前进，气势汹汹，势不可挡。但是我们从高处观望着被伊恩·汉密尔顿得意地称为"怒鼠冲锋队"的队伍穿过棕色的草丛，他们之间的距离很远。

到了凌晨4点，正面的连续炮轰已经停息，只有重型炮兵部队在波尔-卡鲁师右侧继续轰炸敌军堡垒，那些堡垒的轮廓在天际线处格外清晰，他们甚至还将炮弹直接投向比勒陀利亚的山丘上。布尔人不堪承受威力如此之大的重型炮弹，侧翼部队的行动也让他们不得不高度警惕，于是他们匆忙撤至镇中。在黄昏之前，步兵队伍以微乎其微的代价成功占据了布尔人的整个据点。在这个季节，这里的夜晚在5点半就早早地来临，然后将一切都笼罩在黑暗之中，几乎整支军队都参与了的战斗随之结束。

那些堡垒并没有回应英军炮台的火力，这说明他们的炮台已被拆除，并且布尔人没有打算努力捍卫他们的首都。因此，陆军元帅命令军队在次日破晓时分向比勒陀利亚发起进攻，显然在那里的敌军很快便会正式投降。与此同时，莱斯上校带着被激怒的鼠军，换句话说，澳大利亚人，正快速而凶猛地向前推进。大约6点钟，捕获了正在撤离的马克沁机枪之后，他占据了一个步枪射程可及城中的位置。从这里，他可以看到街道上四处逃窜的布尔人，在如此混乱形势的鼓舞下，他派遣一名官员带着休战旗前去劝降。惊慌失措的政府当局在取得指挥官博塔的允许后同意归降，尽管如此，直到第二天都没有英国军队进入城中，但实际上比勒陀利亚在6月4日午夜之前已经被攻破。

天色刚放亮至可以行军，近卫兵便被派去火车站。伊恩·汉密尔顿的部队绕过西侧。为了加入第一支进入镇中的胜利队伍，我和马尔伯勒公爵一起快速前进。6个月前我曾作为逃兵逃离了这支队伍。很快我们便超越了波尔-卡鲁将军，他正和他的下属朝着火车站前进。我们穿过了南部山区外侧围墙的一处缺口，比勒陀利亚随之赫然出现在我们眼前，这是一个风景如画的小镇，红色和蓝色的屋顶浮现在成片的树丛之上，偶尔会有一个尖顶房屋或工厂的烟囱出现。身后我们已经占据的山丘上，棕色的堡垒中挤满了英国士兵。我们距离火车站只有200码远了。

到这个位置后，波尔-卡鲁将军被迫停下等步兵队伍赶上。当我们停在这里时，一辆火车的汽笛声响彻天际，我们惊讶不已，难道镇中敌军还没有投降？——一辆由两台发动机牵引的火

第十五章 攻占比勒陀利亚

车从车站驶出，行进在德拉瓜湾沿线。有那么一会儿，我们盯着敌军这破坏战争惯例的行为，然后十几名军官、随从和勤务人员（队中没有骑兵部队）开始愤怒地冲过去，企图拦下火车，或者至少射杀司机，继而毁掉火车。但是铁丝网和房屋的花园阻碍了追击者，尽管他们付出了很大的努力，火车依然逃掉了，载着 10 车可能非常有用的战马，以及满满 1 车的荷兰人。然而，还有 3 台蒸汽发动机和一些火车仍停留在车站内，英国近卫兵第一团的先头连队回过头来冲进车站将这些东西和守卫它们的人一举捕获。这些布尔人试图用手枪抵抗我们的队伍，但是开了两枪之后便投降了，幸运的是，在混战中没有人员伤亡。

再次推迟了一段时间之后，近卫兵准备好刺刀开始进城，他们穿过挤满人群的主要街道，朝着中央广场行进，同时在他们走过的地方安排哨兵和纠察队员。我们当然非常渴望知道在这漫长的被关押的几个月里，我们的战友们都遭受了什么。有传闻说他们在前往距离德拉瓜湾 200 英里的博文瀑布那晚被转移了。但是，目前并没有明确的消息。

马尔伯勒公爵发现了一名荷兰骑兵，他说他知道所有军官都被关在哪里，并且承诺直接带我们前去，于是我们没有等其他正在布防的部队便立马动身疾驰而去。

其间距离几乎不到四分之三英里，几分钟后，转过一个角落，又过了一条小溪，我们便看到了眼前一排被密密麻麻的丝网缠绕的建筑。看到这个，并且意识到它所带来的美好结局，我举起帽子开始欢呼,瞬间便喜极而泣。接下来的情节就像阿黛尔菲情景剧的结局一样。

马尔伯勒公爵规劝指挥官立即投降。囚犯们冲出牢房拥进院子里,有些人穿着制服,有些人穿着法兰绒,既没有帽子也没有外衣,但是所有人都兴奋不已。哨兵们扔下他们的步枪。城门大开,此时其余的52名守卫站在那里不知所措,长期被囚禁的军官们将他们包围,夺过他们手中的武器。都柏林明火枪队士兵格里姆肖制作了一面英国国旗(在监禁期间用南非的四色旗制作而成)。德兰士瓦省旗帜被扯了下来,在狂野的欢呼声中第一面英国国旗升起在比勒陀利亚上空。时间是6月5日8:47。

这名指挥官随后正式向马尔伯勒公爵以及被他作为战俘囚禁的129名军官和39名士兵投降,除了他,投降的还有4名下士和48名荷兰人。后边投降的这些人立即被关在了铁笼内,并由他们曾经的囚犯看守着,但是,因为曾经善待战俘,他们现在可以在宣誓中立之后返回故乡。在被关押的最后几个小时里,囚犯们内心承受着难以想象的焦虑,直到我听说这些时,我一直不知道他们为什么脸色如此苍白,情绪如此激动。但是读者可以从他们中的任何一个人那里得知这个情况,我也没有预料到。

下午2点,罗伯茨勋爵和其下属以及外国随员进入城中,朝着中央广场走去,那里有市政厅、议会大厦和其他公共建筑。在一片欢呼声中,英国国旗升起在了议会大厦上空。胜利的军队随后开始游行经过那里，在近卫兵的带领下波尔-卡鲁师从南方走来，伊恩·汉密尔顿的部队从西方走来。坚强的卡其色队伍走了3个小时，市民们敬畏地凝视着这些威严的士兵，他们的行动既不危险也不艰难，没人能阻挡他们的游行。

伴随着这样的盛况和滚滚的鼓声，新的秩序展现出来。前政府已彻底下台，毫无尊严可言。有人找到了前总统，一个冷漠的荷兰老头，他坐在门廊前读《圣经》，闷闷不乐地抽着烟斗。他做出了不同的选择。在英国占领这里之前的星期五，他带着100万英镑的黄金，沿德拉瓜湾铁路离开了首都，把那群嚷着要他付钱的官员抛在身后。他们对所收到的毫无价值的支票非常不满。克鲁格夫人也被他抛下了，英国人不再关心她是否健康。

在结束这封信之前我必须讲述一下罗伯茨勋爵决定攻占比勒陀利亚时所承担的巨大风险。当他决定不等更多的补给物资抵达便从弗里尼欣进军，随后因敌军乱作一团而获得优势时，他实际上下了一个很大的赌注。结果他赢了，现在我们可以轻易地忘掉那些可能出现的不利状况。但事实一目了然：如果布尔人利用他们的堡垒和枪炮守卫比勒陀利亚，他们可以抵抗好几周。当我们试图增加兵力时，我们身后的补给线被切断，剩下的便只有挨饿或者立即撤至约翰内斯堡或瓦尔河，我们别无选择。即便现在，我们的位置也不是十分安全，尽管这里人口稀少，但是相对于征服这片辽阔土地的困难而言，在南非的英军依然显得不足。物资供给问题现在已经解决。约翰内斯堡和比勒陀利亚的仓库，足以支撑这支军队两周，同时我们可以修复通信，也许还可以做更多的事情。在艰难困苦的时刻，我们的国家如此幸运，拥有一位伟大且足以承担所有风险并克服一切危险的将军。

第十六章　战俘日志

摘自最近在比勒陀利亚战斗中被俘的皇家都柏林明火枪队中尉 H. 弗兰克兰的日志。

弗兰克兰中尉于 1899 年 11 月 15 日在一列装甲列车于纳塔尔的奇韦利被摧毁时被捕。11 月 19 日，沦为战俘的他被带到了比勒陀利亚，然后他一直待在那里，直到 1900 年 6 月 5 日比勒陀利亚解放，大部分囚犯被他们取得战争胜利的同胞释放。

* * * *

11 月 19 日

醒来发现自己被无限期地禁闭在几英亩土地上，实在叫人愉快不起来，然而，人不能总是如此悲惨。毫无疑问，这样的单调生活将变得非常难熬，但在最初几天我有很多事要做。国立模范学校监狱是一座长方形建筑，现在已经被改成了监狱。一条长长的走廊从建筑中部穿过，走廊两侧都是军官们睡觉的房间。他们每人都配有一张弹簧床和两条毯子，整个建筑灯火通明。房子一端是餐厅和体育馆。

前方是道路，金属围栏从那里将这栋建筑隔开。房子后边是一个类似后花园的地方，警察和士兵的仆人住在那里的帐篷里，厨房和浴室也都在那里。这片土地三面都环绕着 6 英尺高的铁皮围墙。一队警戒人员紧紧地盯着这里，大约有 15 人值班。政府慷慨地向军官们提供面包和水，每天半磅牛肉和其他杂货。我们有一小块地和一个体育馆可以做运动。因为有大约50 名军官，我们看起来一团糟，通过每天支付 3 先令，给我们改善饮食。他们给我们每个人都提供了一套衣服，但我的衣服太大了。我今天晚上开始写日志，并与我所在的团里的加维斯进行了一番长谈，他告诉我他是如何被捕的。晚餐 7：30，然后上床睡觉。

11 月 20 日

看起来剩下的几个月里我每天的日志中都会有"和往常一样"这样的字眼。我在这里才仅仅待了 48 个小时，生活已经变得单调乏味起来。不仅仅是单调，而且缺乏自由，没有新闻可读，剩下的战争将与我毫不相干。如果没有遭遇不幸，我可能还有机会参与很多战斗——所有这些加起来刺激并压抑着我的大脑。我试图勾勒出装甲列车的草图，但并不成功，我必须明天重新开始画。摆在我面前的大把空闲时间让我充满了耐心。

第十六章 战俘日志

11 月 21 日

天气变得酷热。没有地方散步,我变得很懒散,绕着建筑物走几圈后就会感到非常累。最令人期待的就是饭菜,但这些往往不能令人满意。当然缺乏自由仍然影响着我的胃口,但是毫无疑问,一个月左右的这种生活会让我变得安分许多。我写了一会儿日志,然后开始重新画装甲列车草图,我希望能够画出像样的图形。丘吉尔曾写信要求将我们释放,但他没有得到任何答复。这里的蚊子非常烦人,一直咬我。

11 月 23 日

信件将会在今天寄出,所以我花时间整理了几封信。天气仍然非常闷热。我重新浏览了我的大量日志,几乎每天在写完了日志后,我都会在晚上打一场圆场棒球。最后的这项活动似乎让值班的警察非常恼怒,因为他经常被球击中。这里的另一种活动是5人制的,我们在体育馆里用网球玩。外面似乎传来了一些消息,但这些人什么都不会告诉我们。我所说的"这些人",以马伦为最,他是一个恶毒又令人反感的畜生,如果他不是懦夫现在肯定站在前线;还有体形稍大、性格更友善一点的奥波曼以及更加和蔼可亲的冈宁博士。他们不允许我们买报纸,这看起来似乎很荒谬。我们会用报纸做什么坏事吗?

有些限制如此幼稚,往往使这里的生活令人作呕。我相信如果诅咒能对德兰士瓦政府造成伤害,那他们肯定不会活得太久。

今天早上战争部部长德索萨、外交部副部长和其他人一行拜访了丘吉尔，随后他们就战争的起因和合理性进行了非常生动的讨论。这是一场精彩的讨论，最后每个人都发了言，特别是丘吉尔。我担心他不太可能被交换或释放。布尔人肯定听说了他在装甲列车中扮演的角色。

11月24日

今天有一些国外新闻。自由邦议员在贝尔蒙特遭到由布勒所率领的英军的袭击，但结果尚不确定。当然，布尔人声称自己获得了胜利，人们已经习惯了他们所谓的"胜利"。在邓迪他们获得了胜利，就像在厄兰斯拉格特。我慢慢地写着我的日志，设法让它占用大把的时间。

11月25日

显然我们在贝尔蒙特取得了胜利，我们能在这里感觉到。他们突然变得更加仁慈自满。他们允许我们读报纸，总统正在考虑啤酒的问题。这些报纸称英国人在贝尔蒙特将自由邦议员驱散，但是他们自己损失惨重，而布尔人的损失几乎为零。传言称朱伯特将军在埃斯特科特和穆伊河之间遭到拦截。我多么希望这是真的！

11月26日

霍夫迈尔先生是这里的一名囚犯，今天早上他为大家提供服务的时候发表了最有说服力的演说。其中一个房间里有一台簧风琴,擅长歌唱的霍夫迈尔先生给我们带来了一些非常美妙的音乐。他熟知很多古老的英国歌曲,听起来都很愉快,尽管其他人更倾向于让他演奏开篇为"巴比伦水域"的圣歌。霍夫迈尔虽然是荷兰人,却是帝国事业的热心支持者,因此在来到这里之前,他一直遭受着布尔人的残忍虐待。

布尔人试图隐瞒他们失利的行为确实让人同情。所有的条件都已成熟,即使是德索萨也承认,如果事情继续下去,战争将很快结束。在金伯利南部已经有一场持续多日的战斗,布勒正在稳步推进。在纳塔尔方面,朱伯特率军穿过埃斯特科特,抵达穆伊河,在那里他遭到新的英军的师袭击并被击败。他撤退时,又遇到了埃斯特科特的部分驻军,结果未知。他可能会朝科伦索撤退。

11月27日

今天没有多少新闻。据《沃克斯特姆报》报道,英国人在贝尔蒙特损失了1500人,布尔人9死40伤。然而,他们不能否认自由邦议员被轻松战胜了,德索萨承认金伯利很快也会被解放。另外,据说卡马发生了起义。这让他们极其不安,奥波曼非常愤怒。

11月30日

除了报纸上的新闻报道,我没有发现任何值得记录的事,一切都单调至极。晚上，人们会感到格外无聊，有时我甚至认为我一个月都坚持不下去了。情报报纸《沃克斯特姆报》在这里散播着各种荒谬的传言。最新消息是，4个英军团拒绝战斗，因为他们对共和党的事业充满同情。我想知道布勒是否会转投布尔人？事实却是，在本该做充分报道时，报纸上反倒什么消息都没有，这看起来好像那些未公开的消息都是对他们不利的。我们听说福雷斯蒂尔-沃克将军被杀，梅休因勋爵受了重伤。今天早上，有传言称我们的部队占领了科伦索。我们的团肯定会在那里。我多么希望自己和他们在一起！

12月4日

没有真实的新闻，但是有各种各样相互矛盾的传言。布尔人已经开始意识到他们的损失，报纸上列出了长长的伤亡人员名单。西约克郡少校今天被带到了这里，他在埃斯特科特附近被捕。从他那里我了解到埃斯特科特附近一切都很好。几天前，3个营——西约克郡营、边境营和女王第二营——一起出动攻击布尔人。显然，这次交战双方都犹豫不决，各自的损失都不是很大。有传言称布勒在纳塔尔，而不是在自由邦。当然，他正在前往救济莱迪史密斯。我们都认为他的计划是将布尔人牵制在科伦索前面，而他却率大批部队从侧翼行动。布尔人已退至河上并炸毁了图盖拉河铁路桥。另一方面，梅休因勋爵的师正在进行激烈的战斗，他在摩德河击败了布尔人，即将解除金伯利的危险形势。报纸上并没有刊登太多消息，只是偶尔发表一些带有讽刺性的编辑评论的英文片段。在荷兰语版的《沃克斯特姆报》中，他们批评那些自由邦议员无情地逃离摩德河。

哦！我们可能会被交换。朱伯特已经通过布勒与英国联系，提倡采取这样的措施。

12月15日

时间飞逝，今天并不像往常那么沉闷。首先，也是最重要的，丘吉尔逃跑了。他的做法是否正确尚不确定，但他现在已经走了两天了，我对他寄予厚望。除了兴奋，这件事还有另外非常有趣的一面。当然丘吉尔是最应该离开的人。他总是与官员们争论不休，因此被众人所知，事实上，冈宁博士或德萨斯先生几乎每天都对他加以审问。他的逃跑计划非常原始，但是，因为仍然待在监狱里，我不能写任何有关这件事情的细节。让丘吉尔在没有留下任何蛛丝马迹的情况下离开就足够了。第二天碰巧是理发师来给他刮胡子的日子，早上我刚醒的时候，我把理发师打发了回去，告诉他丘吉尔去了卫生间，不需要刮胡子。然而陪同理发师的机智警探居然走到浴室外边等着，他没找到丘吉尔便开始怀疑。然后冈宁出现了，紧随其后的是奥波曼，他们都在焦急地寻找着他们的战俘。在发现丘吉尔逃跑之后他们的痛苦让人怜悯。他们立即加强各种警戒。禁止我们阅读任何报纸，广播不停地重复，晚上8点钟之后不允许任何人进入大楼外的院子，禁止饮用啤酒。我不禁想起了《乌鸦和狐狸》的寓言，其结尾是"乌鸦发誓，但是为时已晚，我们再也不接受了"。奇怪的是，在丘吉尔逃跑之后的第二天，有消息称朱伯特将军下令释放了丘吉尔。然而，我毫不怀疑，这一切都是他们为抓不到丘吉尔而做的辩解。我真心希望他已经成功逃脱。

我们的情绪起伏不定。有一次我们即将得到交换，然而后来便没有了任何消息。有一次，英军取得了重大胜利，报道里说的却完全不同，当然这肯定是有先见之明的《沃克斯特姆报》编辑所为。另一次是英军的惨败，所有的将军和成千上万的士兵非死即伤。昨天我们听说英国军队在莱迪史密斯取得了辉煌的成就，他们摧毁了位于伦巴德山上的 84 磅大炮、好几门榴弹炮以及马克沁机枪。然后便是盖塔克莱将军在斯托姆伯格的失利，600 名士兵被俘，除此之外还有布尔人所声称的在马格斯方丹的胜利。这一切非常可怕。我感觉现在和我被捕的那晚一样悲惨。英国军队是否会逼迫布尔人撤回来？他们会来攻占比勒陀利亚吗？或者，他们会被赶回去，而家里的人们会像 1881 年那样厌倦战争吗？不，这不可能。然而谁又敢去预测？听到所有这些令人震惊的报道而且自己又不能做任何事情简直太可怕了。人们总是想象在这些场合，如果要取得胜利，他们将不可或缺地在战场战斗。然而，这些悲惨的日子不可能永远持续下去。也许它们现在已经结束了。德索萨颤巍巍地承认，布勒正率领强大的队伍进行着最后的进军。他必须赢。

第十六章 战俘日志

12月19日

比以往更糟糕。布勒在科伦索全力进攻,却惨遭失败,损失了10座炮台和数百名士兵。这太糟糕了,我为此而落泪。命运之神似乎在与我们作对。唯一要做的就是耐心等待直到下一场灾难降临。斯托姆伯格战败的战俘已经抵达这里,明天科伦索的战俘可能也将到来。每个人都在咒骂他们的将军,他们总认为他们自己可以做得更好。我听说我们团所在的哈特旅,在排成四队近距离作战时被俘。他们一定非常痛苦。没关系,梅休因已经解救了金伯利。这里的官员都否认这一点,但这一定是真的。

12月23日

没有更多消息。这里的官员变得越来越愚蠢烦人,他们想出各种幼稚的限制条款来惹恼我们。丘吉尔已经抵达德拉瓜湾,他发电报告诉德索萨自己已安全到达。欢呼!

* * * * *

直到现在我还不敢在接连战败的情况下在这本日志中写下任何有关我们所做的事的细节,这件事使我们避免了在这些悲伤的时刻失望发疯。大约在月中时,霍尔丹制订了一个计划,从我们的牢房下挖一条地道通往马路对面。我们房间里的5个人和为了这个目的转房过来的勒梅热勒大约在10天前就开始动手了。首先，我们想到在地板上挖一个洞，但是，环顾四周时，我们突然发现地板上已经有一个舱口门。地板下面有一个奇怪的地方。橡子由石墙支撑，下面有4个大约24英尺的隔间，相互连接的墙壁上都有一个修检孔，可以从一个隔间进入另一个隔间。我们开始在地板舱口门下方隔间旁的隔间内挖地道。地面起初非常坚硬，但是用从体育馆拿来的凿子和其他简单的工具，我们成功地在大约4天内挖出了一个4英尺深的竖井。两个半裸的人在烛光下挖洞的场面看起来相当奇怪，我们总是两个人一起工作，一个人挖，另一个人用盒子或罐子将泥土移开。突然，有一天，我们凿破了坚硬的土层，挖到了一些柔软的黏土。我们很高兴看到这一幕，希望能够立刻凿穿这里！但是，糟糕的是伴随着柔软黏土而来的是水。非常不幸，我们没有泵，无法将这些水清除。每天早上，竖井底部都会渗满水，因此，在挖了6英尺深之后，我们的计划被迫终止，我们不得不痛苦而失望地从地板舱口门爬出。格罗斯特团的军官们也在挖地道，但他们肯定也会遇到同样的困难。

1899年圣诞节

我几乎没有意识到今天是圣诞节，这应该是我和家人朋友一起度过的一天。我看到好多房间都装饰着冬青树，写着"圣诞快乐"的白色纸片贴在红色的土耳其斜布纹上，挂在门口。圣诞快乐！多讽刺！家人的团聚必然是不可能的，但是在如此难过的情景下我并没有做什么梦。这样的一句"圣诞快乐！"在一个囚犯

第十六章 战俘日志

的同胞们连连战败，彼此相距甚远时说出，而不是在他的同胞们大获全胜，充满热情地火速前来解救他的时刻说出！在他自己无助而绝望时说出！当唯一的转机化为灾难，他所信任的国土之上的强大力量似乎逐渐削弱消亡时说出！在新的一年黑暗无常，而且一切都未知时的一句"圣诞快乐！"是多么残忍。当然，晚餐时我们还是用酸橙汁为女王的健康干杯。这是我们仅能做的，但我们的祝福一点儿也不少。

12月30日

他们说在科伦索只有1200人伤亡，但是我们刚刚听说我们团也被消灭了。天啊！太糟糕了。当一个人听说自己所有的友军非死即残时，他最好的选择是挺身而出，然而我们却被安全地铐在这里，毫发未损，没有一丝危险，我们的同胞正一个一个地倒下。我们必须赢得这场战争。

* * * * *

1月1日

关于这是否是新世纪的开始，我进行过很多争论，因为现在是1900年，或者说是第1900年，所以在经过多次推理后，我决定将它视为19世纪的最后一年，而不是20世纪的开始。无论它是什么，在这里度过任何事情的开端都是让人憎恶的。《沃克斯特姆报》今天发布了一份伤亡人员名单，我发现我们团有42人倒在了科伦索。伤员又有多少呢？（以下是受伤军官名单。）盖奇中士被杀，他们说他是第一批穿过大桥的人之一。这样看来我们团曾冲向这座桥，这比在四队阵形中被扫射而死要好得多。所有这些损失相当可怕，但我相信科伦索只是一次侦察。真正的战斗会是什么样的？

上周可能比以往任何时候都更让人沮丧。我们房间里有一个人最近非常烦人，我们不得不严厉地对待他。我从来没有遇到过这样缺乏教养的生物。在这样一个地方，这让人极其不快，而我们又同居一室。有传言称科尔斯堡附近可能会发生战斗，可能会由法国将军发起。布尔人说这次行动尚不明确，这也许意味着我们的一场胜利。

1月7日

最近没有发生任何重要的事情。奥波曼引发了一些争执，他试图从当地杂货店主博舍尔手中夺走给我们供应食物的合同，理由是博舍尔帮助丘吉尔逃脱。结果我们大获全胜，博舍尔也重新获得了他的合同。更多看守我们的警卫被召唤到战场上，可怜的冈宁也在征召之列。他已经准备好奔赴战场。他的理由很特别。如果他的孩子多年后问他是否曾为国家的自由而战，他希望他能说"是的"。然而，如果他去了，我希望他能在战场上找到一块大石头作为掩体，然后安全地回来。

今天下午，有人讲了一个令人震惊的传言：莱迪史密斯沦陷了。虽然实际上我并不相信，但我们总是遇到让我极其难受的可

第十六章 战俘日志

怕灾难。然而，后来我们了解到一切都很顺利。

1月10日

莱迪史密斯没有沦陷。有关布尔人在普拉特兰德失败的消息已经得到证实，尽管他们试图隐瞒，但我们知道他们损失惨重。在科尔斯堡发生的一次夜袭中，萨福克郡半营兵力遭受重创。他们的两名军官昨天被俘送到了这里。他们说布尔人已经在科尔斯堡得到了大规模增援。有传闻称莱兹博士在德国因征募预备役士兵而被捕。据说一支英国军队在金伯利以西的道格拉斯，他们发动了一次夜袭并俘获了一些储备物资和弹药。德兰士瓦人正沉浸于成功攻击自由邦议员的兴奋之中，他们在人群之中射击了奥波曼的侄子。我们对他们表以同情，毕竟他们是弱势一方。今晚我们得到了一个最叫人拍手称快的传言：布尔人在科伦索附近损失了900名士兵。我希望这是真的，随之，英军顺利渡过了图盖拉河。这将是前往解救莱迪史密斯的一步。布尔人占据了科尔斯堡的关键位置。形势似乎有所好转。我希望我们能得到一点点真相。这些传言深深地折磨并欺骗着我们。

1月14日

今天有各种令人震惊的传言：英军在莱迪史密斯附近以压倒性的兵力优势发动战斗；布勒意外地在彼得斯平原车站被俘。布尔人位于科尔斯堡一个易守难攻的角落里。哪些可以相信？在非洲所有人都是骗子！生活变得不堪忍受。我相信当我们获得自由时，我们很多人将变成疯子。

1月29日

我们不停地搜寻新闻，我们的情绪随着时好时坏的传言而起伏不定。几天前，斯比恩山战斗中的战俘被送了过来。对斯比恩山发起的进攻结果尚不明确。我们占据了山丘，但是传言称由于某种原因我们再次离开它并重新渡过河流。这会是另一个谎言吗？我们听说英军团没有越过大桥，但是上个月他们试图游过科伦索河。只有极少一部分人成功渡河。亨斯利几天前在斯比恩山一战中被杀。几乎没人能意识到这些损失，我认为在卷入这场混战并看到那些熟悉面孔的悲伤之前，我们也意识不到。

2月5日

最近我们得到了一些好消息，或者至少是对我们有利的传言。金伯利脱围是一个既定事实。科尔斯堡已经走到了尽头，尽管有关他们向法国人投降的消息尚需确认。图盖拉河也有战斗发生，与之相关的最新公告是"英国人占据了瓦尔河峡谷"。这还是不是全部，除了英国陆军，还有其他行动在相继发生。德兰士瓦人和自由邦议员之间存在着相当大的分歧。前者抱怨他们总是处于战斗最前线；而后者则反驳道，他们不仅总是被派往更加空

第十六章 战俘日志

旷的山丘，而且，他们曾帮助德兰士瓦人在纳塔尔战斗，等到了他们在自由邦防守，却没有得到任何帮助。

2月12日

记录我们最近收到的所有消息会花费太多时间，虽然时间只是个诅咒。如此多令人吃惊的传言被证实和否定，让我渴望知道真相，但在这个注定灭亡的国家的首都——一个充满谎言和骗子的大城市——我们永远不会知道真相，直到我们的友军将真相带来。

我刚读完《埃斯蒙得报》，我非常喜欢它。被困在这个国家对我而言的一个好处便是可以提升自己的知识水平。事实上，阅读占据了我们大部分的时间，尽管我在这种悲惨的环境下无法把注意力长时间集中在一本书上。国家图书馆有各种各样的书籍，支付少量订阅金后，囚犯可以从中借阅书籍。唯一被禁止的便是与南非相关的书籍。因为这一类书籍记录了英国人在南非犯下的罪行，这些书籍也被小心翼翼地收起，因为他们担心英国人销毁其罪恶的历史。

今天上午，南非轻骑兵的一名军官被安葬。实际上，他是被德兰士瓦政府谋杀的。虽然他患有伤寒，但还是被投入狱中，政府直到确信他会死掉之后才将他送往医院。10名被假释的官员成了抬棺人，我们每人都为他定做了一个非常漂亮的花圈。

上了年纪的上校和少将在这里进行着一场关于耐心的较量，而我们所有人都冷漠地将其视为成功的必需品来践行。

2月17日

终于有好消息了！金伯利已经被解围！布尔人全面撤退。罗伯茨勋爵和英国军队已进入自由邦。沃伦顿已被占领，比勒陀利亚陷入了极度的惊慌之中。奥波曼恼羞成怒。也许局势已经开始转变。

我们是这样获得这些消息的：皇家轻骑兵军士长布劳奇认识这里的一个警卫，从他那里得到了一些消息，但这些也并不是那么值得信赖。当我们第一次来到这里时，在政府电报局工作的英国人帕特森经常从牢房铁网前走过，然后低声散播一些消息。他只会在有好消息时过来，而且通常都在结束时喊一声"欢呼"。由于在这些场合总是有一只圣伯纳犬陪在他身旁，我们便称他为遛狗人。最近，他精心改进了向我们传递信息的方式，开始用柯灵沃先生家通道上的旗帜发信号。为了避免被警卫发现，他或者是柯灵沃夫人站在通道后方某个地方给我们传递信息。巴罗斯队长会站在体育馆的窗口旁为我们读这些消息。因为帕特森在电报局工作，能看到所有传输的信息，所以他总能给我们发来非常真实的信息。

2月18日

今天早上有更多好消息。克龙涅不见了，走失或者或逃跑了。布尔人已被驱逐回多德雷赫特。英国军队距离布隆方丹不

第十六章 战俘日志

到 40 英里。布勒已占据了图盖拉河地区。所有这些都无须多议。"越多越好——"我本想引用唯一一句我所知道的拉丁短语，但我弄不清楚动词的时态和语气。但我的意思是得到的好消息越多，我们就越想要更多。我们的生活充满了各种各样的消息。今天早上两名军官从科尔斯堡被送来。他们说科尔斯堡从来没有被四面包围过，只是三面被围。大约三周前，法国将军已经开始撤回骑兵部队，每晚都派出支队，直到只有一支步兵旅被留在科尔斯堡前，占据与之前完全相同的正面战线。布尔人从来没有发现过这一点，所以法国人和他们的骑兵部队成功地加入了自由邦军队，步兵旅通过展示他们的强大实力得以将这样的计谋维持到前几天准备撤退之时。除了威尔特郡的两个连在一场勇敢的战斗中遭到拦截被捕，其他队伍的撤离都非常顺利。我想所有政府都会在一定程度上掩饰他们的失利，但布尔人在这方面无人能及。

2月19日

我患了过于耐心的疾病。我在一个有趣的游戏上花费了大把时间，但是到下午 7 点钟我便厌倦了。勒梅热勒今天告诉我，霍尔丹、布劳奇、格里姆肖和他想到了一个逃跑计划。这个主意是通过切断从门口上方屋顶进入建筑的电线，将屋内和院子里的电灯熄灭。在漆黑的夜晚灯光突然熄灭将给他们机会翻过后墙而不被警卫发现，突然的黑暗即使是警卫的眼睛也不会适应。他们已经制作了小梯子，通过这个梯子他们可以更轻松地越过波状铁网，而且噪声更小。一旦到了外面，他们就会徒步前往马弗京，其间距离大约只有180英里。他们原本打算今晚行动，但是，下雨了，而且雷电交加。

2月21日

斯托姆伯格和图盖拉都传来了更多好消息。我们的朋友奥波曼变得过分礼貌。我认为用滑头来形容他再合适不过，他仗势欺人，思想言行极其狡诈，对手下的人残酷无比，对害怕的人谄媚有加。

2月22日

我们听说克龙涅被完全包围了。德韦试图打破封锁线，但在遭受了惨重的损失之后最终失败。布勒已经占领了博施科普，所有英国军队都渡过了图盖拉河。

前几天，一张报纸上刊登了一篇非常有趣的文章，文中称拿破仑为"19世纪早期的博塔"。将博塔称为近代的拿破仑也许没错，但怎么能称拿破仑是19世纪早期的博塔！我不禁怜悯《沃克斯特姆报》的编辑，因为他只能发布好消息，并且必须极尽所能来选择刊登在报纸上的新闻。

霍尔丹和其他人已经安排好今晚逃跑，但不幸的是，哨兵刚好在他们选定翻越围墙的地方踱步，于是他们的逃跑计划搁浅了。

第十六章 战俘日志

2月24日

霍尔丹和指挥官再次尝试。这次他们下定决心要逃掉。仆人克劳夫被派去体育馆屋顶切断电线。我从主闸下方进入房间索要地图以给他发信号。灯光突然熄灭,但几乎同时再次亮了起来。我们非常惊慌,唯恐克劳夫受惊,但他安全地从屋顶跳了下来,只是惊讶于灯光为什么没有熄灭。我们的逃跑计划再次失败。

2月25日

我们都坚信克劳夫昨晚并没有切断电线。他在受到轻微惊吓之后就放下电线离开了,于是我们再次安排库伦去尝试这项任务。然而,哨兵的位置再次阻止了我们的计划。

2月26日

伊尼斯柯灵明火枪兵队中的百斯特今天从图盖拉被带到了这里。他说,那里一切顺利,虽然战斗非常激烈,但所有部队都已经抵达彼得斯平原。克龙涅没有食物,他必须尽快投降。

今晚我们顺利地将所有灯光熄灭了。奥波曼惊慌不已,电工也找不到原因。他们都以为是足球击中了外面的电线导致灯光熄灭的。可能克劳夫已经切断了部分电线,飞来的足球将电线彻底撞断。然而,现在电线在天色完全暗下来之前就被打断了,其所带来的惊慌荡然无存。此外,今夜天色明亮,我们注意到街上的灯光刚好照在我们打算翻越的围墙上。哨兵多了一倍，所以我们最终放弃了这个计划，试图想其他办法。我们被告知他们将在3月1日把我们转移到一个新的地方，也许，这会给我们提供更好的逃跑机会。

* * * * *

当我9点半左右回到房间时，发现勒梅热勒、霍尔丹、布洛基正在讨论事情。由于我们过两天将被转移到新的监狱，他们在争论"为什么不现在就躲进地下"。狱方会以为他们已经趁熄灯的时候跑掉了，然后会加速转移俘虏，给藏在地下的他们三个人平安脱身的机会。

2月27日

今天早上，奥波曼像往常一样来到我们的囚房清点人数。当看到3张空床时，他非常错愕。我用一只眼睛偷偷看着他，心中暗暗窃喜于他的失望。他走到布雷特跟前，问他有没有发现任何情况。布雷特装作一脸茫然地反问道："关于什么的？"然后我假装醒来，并责问奥波曼为什么要在这个时候吵醒我们。他火冒三丈地离开了房间，但是很快又带着冈宁回来了，后来警察局长杜托伊特也来了。局长像福尔摩斯一样做了仔细的检查，然后脸上一笑，流露着能把他们重新抓回来的自信。早餐过后，他们彻底搜查了整个监狱。除了地板下，囚室、橱柜、屋顶等所有地方都被搜了个遍。然后他们又提着光线朦胧的灯进来搜查。事实上，我以为他们已经发现了那三个躲在地板下的人，但是"福尔摩斯"根本没往地下想过；他的推理没有把他的思路引向那里。他发现了霍尔丹用餐刀做的锯子，然后把它跟健身房屋顶的洞联系在了一起，再想到电线也被切断了，于是便确信他们已经在夜色中逃走了。其余警察十分确信有人被买通了，这个国家的人就是这样彼此不信任。监狱里的其他军官对此事的看法很有趣。对于那三人是如何逃出以及逃到了哪里，他们进行了充满想象力的讨论，但是没有一个人能说中。下午，奥波曼和"福尔摩斯"拿着一顶帽子走了进来，说有人看到那三个人翻过小山往马弗京去了，那顶帽子掉在了路上；追捕的人已经于傍晚之前追到了30英里外的库杜斯伯格，并且还发现了他们吃午饭时留下的残渣。真是一帮聪明的侦探！晚上，帕特森非常兴奋地走进了库林沃斯的房子，并在走廊上点了根蜡烛——这说明有好消息。今天也是布尔人的马尤巴之战胜利纪念日！

2月28日

我们收到了昨晚兴奋的帕特森所预示的好消息。克龙涅已经投降了。我们是通过英国驻德拉瓜湾的领事得知这一消息的。布勒也击退了布尔人。博塔在电报中说："没有用，这里的民兵不愿面对英国人。"下午，我们收到电报称："克龙涅已无条件投降。布尔人撤向了比格斯堡。"晚上，我们听说英国军队正在进入莱迪史密斯。

那三名军官逃走后留下了三张空床，所以又有三名军官被调到了我们的房间。我们没有告诉他们地板下有人，但是我还是照常送了食物、水和消息下去，晚上还送去了热可可饮料。

3月1日

莱迪史密斯之围已解。朱伯特在电报中说："当枪骑兵从莱迪史密斯出来的时候，我的人就骑着马逃跑了，丢下了马车和物资。"今天下午，库林沃斯发来消息称："最远的埃兰兹拉赫特电报站没有其他消息了。"为了劝勉自己的民兵队伍，克鲁格带着演讲稿赶往了前线。在他到那之前，前线所有的临时防御营地都收到了一封电报。电报的内容太长、太过不敬，所以我不方便抄下来。里面无非是一些激励的话语和《诗篇》里的内容，大意是他们"虽然被敌人包围"但注定会赢得胜利，因为全能的上帝是专属于他们的。《佛克斯登报》上写道："克龙涅投降的传言看来是有一定根据的，但是莱迪史密斯被解围的消息则是空穴来风，因为我们的民兵还在该镇的南部英勇奋战。但是，就算英国人解救了莱迪史密斯，战争也只会进入新的阶段。那时，我们将不得不守卫我们的边境线，不得不抵抗一个邪恶的民族，一群贪婪的侵略者。现在，英国人将见识到布尔人真正打起仗来有多厉害。现在，战争将正式开始。"

（"福尔摩斯"和他的朋友完全在沿着错误的路线追查，一切万事大吉。）

3月2日

没有迹象表明我们很快要搬去新的监狱。这非常令人不安，因为我们的朋友如果在下面待得太久可能会生病。警察们把帐篷搬到了公路上。奥波曼说这是因为院子里太潮湿了，但是我认为这是因为他们害怕警察受到攻击。我们是有可能用健身房的哑铃制服他们的。那天的天气潮湿而沉闷，我写了几封信。霍夫迈尔先生为那三名逃跑者做了祈祷。我不得不把秘密透露给12号囚室的人，因为其中一个人正好看到过掀开的地板。他们对此事很乐见其成，不会从中作梗。

3月6日

今天上午，我们从库林沃斯获知了德兰士瓦总统发给萨利斯伯里勋爵的电报："杀戮难道还没到停止的时候吗？将向贵方递交和谈请求。"这些人真是缺心眼儿。他们先向一个帝国宣战，然后不想打了就希望能够停火。没有任何让我们搬进新监狱的迹象。

3月7日

今天是古罗马历3月15日——恺撒遇刺日，但是我不认为今天会有人在比勒陀利亚的论坛上谋杀克鲁格。地道里的人状态还好，虽然下面的条件不是很好。

3月8日

以下电报是我们的通信员巴罗斯今天收到的：一、正在跟德韦作战；二、6日占领了布隆方丹。我今天忙着在房间的墙上绘制克鲁格去前线劝勉民兵的画面。看起来没有要搬迁的可能。奥波曼说我们的新监狱连地板都还没有铺好。霍尔丹想促使他们搬迁。他认为，如果格里姆肖也消失了，他们可能就会惊慌了。如此一来，他们就不得不把我们转移到更安全的地方。但是我觉得这样只会让一切都暴露，格里姆肖也同意我的看法。

3月11日

我在墙上又画了一幅很大的画，这是上一幅画的续作。画的是正在逃跑的克鲁格，他的后面是拿着剑飞速追赶的罗伯茨勋爵。第一幅画的标题是：克鲁格总统去前线劝勉民兵队伍；第二幅的标题是：但是因为紧急状况而返回了。由于搬迁的可能性看起来很不确定，躲在下面的人都决定不再等待。他们决定挖一条浅地道出去，从碗架下面挖到医院。霍尔丹在跟12号囚室的人商量，他们似乎也有同样的计划。

3月12日

据今天上午过来送货的人说，布隆方丹已经被攻陷了。但是我们得到的消息是，英军距离奥兰治自由邦首都已经不到7英里了。今天早上，奥波曼看到了我画的关于克鲁格的画；我怕他会不喜欢，因为他没有理由喜欢。我对他说，如果要抹掉的话，只要一桶石灰水和一把刷子就可以了。（注意——拖延是这些荷兰布尔人的特点，奥波曼此前从来没有清除过其他房间墙上的画。他对此以及一些其他事情不太在意，我认为这很大程度上是因为他的位子最终会换人。）

12号囚室决定不再参与挖地道的计划。于是经过商量，格里姆肖、加维斯和我将参与挖掘。我们没有告诉加维斯关于勒梅热勒的下落，但他还是决定跟我们一起挖。20号囚室的人也在挖地道，但是他们挖的是深地道，我恐怕他们无法解决水的问题。

3月13日

很遗憾，帕特森和库林沃斯被指为不良分子，被没收了财产。我想他们会逃往英占区。我们给他发了信息："再见，永远感激你们，愿上帝保佑你们！"帕特森回复道："英军已到布隆方丹北20英里处。再见，愿早日释放。我会跟罗伯茨回来救你们。"

在我们所在的16号房间下面，我们开始了挖掘。显然，我们制造了很大的噪声，因为这引起了一些老上校的惊慌，他们要求所有人停止挖掘，不过他们并不知道是哪些犯人在挖。正当地下的挖掘工作全力进行的时候，奥波曼来到了我们的房间。我们能做的只有把他推到外面去，使劲儿跺脚掩盖挖掘的声音。我们感觉很紧张，所以决定过几天再挖。当看到勒梅热勒时，加维斯非常震惊。他生动地描述了他的感觉。他诉说了下去之后看到的糟糕情况。在闪烁的烛光中，他突然看到一张憔悴、脏污、胡子拉碴的脸，以及一个半裸的身体。刚开始他认不出那是谁，但是当他意识到那是一名战友时，他说，要不是因为他趴在地上，你用一根羽毛都能把他碰翻在地。新的地道线路还要挖很长一段距离才能挖通。我下去之后，不得不趴在地上，然后爬过一个个通道和检修孔，在一个由隔间组成的迷宫中前后移动。事实上，如果进去之后蜡烛灭了的话，你可能会很容易迷路。霍尔丹看起来很不舒服，但是其他二人除了身上满是泥土，看上去好得很。

3月14日

格里姆肖今天晚上下去开了个会。他们设法在挖的时候不发出噪声，方法是在挖之前把土弄湿。我和格里姆肖把地板暗门的两块木板固定在了一起，拼成了一个整体。此外，我们还在暗门下面加了闩，使其可以从下面被闩住。今天白天，我送了很多壶水下去给他们湿土。

3月15日

今天上午一切正常。格里姆肖下去挖了一会儿土。下午奥波曼带来了一个消息，他说我们明天就会搬走！对此，大部分军官都非常生气，但是我和格里姆肖高兴地通知了下面的人。我们得抓紧时间。我们准备了够他们吃一个星期的食物，把所有的瓶子都装满了水，并且把一切可能对这些洞穴人有用的东西都送了下

第十六章 战俘日志

去。但是不出所料,我们听说其他人也正想躲进各自的洞里,以期在我们搬走之后逃跑。由于这样做只会导致所有人都暴露,我们决定想办法阻止他们。于是,我们把此事告诉了亨特上校,他设法说服他们放弃了该计划。

解决完这个问题,我们跟他们做了最后的道别。然后,在他们从下面把暗门闩住之后,我们填塞了暗门木板之间的缝隙,完美地掩盖了下面的秘密。我们还在上面撒了灰尘,如此一来几乎没人能发现了;当然,不知道其存在的人更不可能发现它。

* * * * *

3月16日

早上斯塔茨模范学校里面格外忙。我们都在打包自己的物品。我用被褥把所有东西都卷在了里面,并用绳子捆了起来。大门打开了,所有行李都被搬到了道路上,等着被装上为搬迁而准备的货运马车。走出大门就能呼吸到新鲜的空气;走过那些长久以来我们费尽心思也未能越过的障碍,就像进入了另外一个世界。我走回到我们的囚室,按照预先约定的方式在地上敲了敲,格里姆肖回应表示一切顺利。然后我唱起了《友谊天长地久》以诉别离。

为了方便军官们,德兰士瓦政府慷慨地提供了出租马车(后来我们发现要自己支付该费用),上午10点左右,在众多邻居友好的道别声中,第一队马车开始出发了。一支混杂的卫队护送着长长的马车队伍。护卫队里包括年纪很大的老头儿和很年少的小男孩，他们背着施耐德枪和过时的猎枪。

我们很快就离开了小镇，然后穿过了一条小河后，开始驶上一座陡峭的小山。比勒陀利亚之外的道路看起来疏于修缮。显然，那些本该用来改善民生的资金全部被用在情报收集或战争准备上了。我们很快到达了目的地。新监狱坐落在一座小山的山坡上，这里的居住环境比起模范学校可能要健康多了。此外，在上面能看到不错的风景。北面有两座小山挡着，什么都看不到。南面是比勒陀利亚，那里有一大片树木，树木当中有一个建筑群，其中包括大型的政府建筑和小型的别墅建筑。比勒陀利亚附近有一排高山，山顶上的建筑是众所周知的堡垒。西面是一片一直延伸到地平线的广阔平原；东面的一座大型山丘，挡住了其后面所有的风景。

整个建筑包括一排长长的白色小屋和一个大大的院子，以及院子周围令人却步的带刺铁丝网。奥波曼的房子和警察的帐篷在院子外面。院子里到处装着电灯，因此逃跑是一件相当困难的事情。屋子里面简直就是牛舍。那排长长的马口铁小屋包含工人宿舍、厨房、食堂、卧房和四间小小的卫生间。卧房是一间85码长、30码宽的大厅，里面住着120名军官。床与床之间的距离大概为一码宽。地上没有地板。排水沟是敞开式的，其卫生状况足以让所有的文明人感到恶心。我们立即向狱方提出了强烈的抗议，但是这恐怕没有一点儿用。

第十六章 战俘日志

3 月 18 日

跟斯塔茨模范学校相比,这里最大的缺点是我们无法获取消息。

3 月 22 日

前几天,冈宁给了我们一只小狒狒;刚开始它非常凶,但是后来变得非常驯服。这里有很多种奇特的昆虫。当然,对这里的人来说,它们并不稀奇,但是我以前从来没见过。其中最奇特的莫过于螳螂,或者"黑人之神"。这整个地方看起来就像一个大蚁巢。我们经常会看到不同昆虫之间发生大战。这里还有很多蛇。前几天他们打死了一条蝰蛇。冈宁说,那条蛇大概十三四英寸长,有剧毒。

我们听说冈宁和奥波曼明天要去前线。尽管奥波曼的离开对我们来说是件极好的事情,但是我对冈宁的离开感到很难过。

3 月 23 日

警察和奥波曼今天早上离开,去往前线了。一支来自荷兰军团的队伍接替了他们的工作。指挥官是个很友善的人,比奥波曼好太多了。

3 月 25 日

今天早上我们像往常一样做了礼拜。安塞尔跟一些人打算晚上逃跑，但是没有成功。我们没有听到霍尔丹等人的消息，所以我想他们现在已经顺利脱身了。今天晚上新来的指挥官点了名。我们叫他"睡衣"，因为他穿的那套衣服不管怎么看都像一套睡衣。他的真名叫作韦斯特楠。

3月30日

这几天没有发生任何值得记录的重要事件。星期二，贝斯特尝试了逃跑。他趁一名哨兵在跟另一名哨兵闲聊的时候试图从铁丝网下面爬出去。倒霉的是，当贝斯特爬到一半的时候，那名哨兵结束了与另一名哨兵面对面的闲聊并回到了自己的岗位。刚开始他以为贝斯特是条狗并叫其出来。当发现那是个人的时候，他也只是叫他回去。他本来是有理由毙了他的，所以贝斯特很幸运，碰到了一个仁慈的人。

星期三，朱伯特死了。为表尊敬，我们送去了一个花圈。我认为这不会对战争产生任何影响。因为在最近的危机中，他温和的态度导致他的受欢迎度大大降低了（报纸上也这样说）。

4月3日

太好了！今天晚上在报纸上得知，霍尔丹、勒梅热勒和布洛基已经穿过斯威士兰，安全到达了洛伦索马克斯。听到这个消息，我们很高兴。唉！我们也听说明天又有16名军官要来，跟他们一起被俘获的还有7门火炮。

第十六章　战俘日志

库林沃斯的女儿们今天傍晚过来了,她们用手帕发信号表示马弗京已经解围了。我希望这是真的。我们很钦佩这些姑娘的勇气。我们已经有很多人决定要给她们和帕特森送一份大礼。

昨天这里出现了一大群蝗虫。蝗虫犹如乌云,遮住了远处的小山。我们的上空几乎一整天都有蝗虫飞过。

4月5日

那些刚被俘虏的军官今天上午到了。他们大部分是皇家骑炮兵团 U 营的人;有的是军情局和骑兵部队的人。我还不太清楚他们被俘时的情况,但是他们被抓好像是因为缺乏预防措施而中了圈套。护卫队和其中一支炮兵营几乎一枪都没开就被抓了,不过另一支炮兵营逃脱了。在被带走的时候,他们听说一支英国部队为了夺回火炮正在追赶他们。

他们带来的消息很少;尽管沃伦当时正在赶往马弗京,但是显然他们没有听说过任何关于马弗京解围的事。由于缺马,罗伯茨只能延迟进军。但是只要此事得到解决,他应该很快就会出发。他们说,如果不是因为缺马,德韦已经被抓到了,战争也已经结束了。这就是战争。如果怎样……总是有那么多"如果"!

今天晚上发生的逃跑未遂事件让大家很兴奋。10 点 30 分左右,电线受到了某种设备的干扰。霍姆是一位殖民地官员,也是一位电工,他让电路发生了短路,从而烧掉了主保险丝,监狱里里外外所有的灯都因此熄灭了。灯一灭立即响起了两声急促的枪声，后来又响了一声。逃跑行动最终失败了，但是所有人都安然无恙地回到了屋内。当时，灯光好像先是降低了亮度，然后又提高了片刻，最后完全熄灭了。

在灯光闪烁的瞬间，警察发现了其中一名逃跑者霍克利，并对其进行了射击。虽然有人说那两颗子弹穿过了食堂，但是，"结局好，一切都好。"今晚的哨兵人数增加了一倍，巡逻队也被派到外面去巡逻了。

4月6日

战争真是变化莫测啊！我们好像经历了一连串的小灾难。今天报纸上写着"布尔人的伟大胜利，在布隆方丹东南36英里处，抓获450名战俘！！！"我们唯一的希望就是这篇报道不是"官方报道"。但是我们必须做最坏的打算。这篇头条新闻说："再过几天，罗伯茨就会被迫撤离自由邦。他会像拿破仑撤出莫斯科一样撤出布隆方丹。"

4月11日

此前据说被抓的俘虏还没过来。好像总有人"猜测他们已经到了某地"。但是显然还没有人真正见到过他们。星期六，官方正式通报了他们被俘的消息。星期四，英语电报上写着：300名皇家爱尔兰兵团的士兵投降了。今天，电报上写着：俘虏预计明天会到达比勒陀利亚！那么，我们拭目以待吧。

第十六章 战俘日志

近日我们听到了很多关于布尔人被俘以及英军胜利的传闻。今天的报纸上说，梅休因勋爵正在向博斯霍夫进军（现在一定已经到那儿了），还说德维勒布瓦上校已经死了。据说，他和他的全体士兵（他们说有100人——很可能有500人）不是战死就是受伤了，不然就是被俘了。一名高贵的前法国军官和他的法国志愿军可真是一个大猎物。

报纸上的第二则新闻是（引自布尔语文章段落或标题）"1500个英国人被困住了""布拉班特的骑兵中了圈套"。然后又说，"他们极有可能投降"。布尔语的报道就这些。但是我们在荷兰语的新闻里看到，莱迪布兰德和南部的所有电报线路都被切断了，所以我有点儿怀疑布尔人这一次的行动超出了他们的能力范围。

布尔人攻击了我们在埃兰兹拉赫特的营地。他们看到炮弹把我们的营帐击毁了，就报道说英军逃跑了。不知道勒梅热勒当时在不在场。

像往常一样，在这些战斗中，布尔人"在上帝的眷顾下，只有一个人阵亡，四个人受伤"。这样的损失已经很严重了；通常，他们的损失只有一匹马和三头骡子。当然，"敌人"一定"损失惨重"。这些都是他们的报纸里写的内容。里面有很多有趣的言辞，例如："一位勇敢的民兵屈服于一颗爆炸的炮弹""开炮时，我们的其中一门火炮的瞄准器和一个轮子坏了！"他们总是在文章的结尾加上一句："我们的民兵充满了勇气，并决心抵抗到底。"

前天有很多官员过来调查我们提出抗议的原因。监狱里所有的英国军官都在那份抗议书上签了名字。他们答应会考虑我们提出的所有事项；但是，毕竟他们都是布尔官员，因此我们的命运恐怕不会有任何改善。

现在的天气变得冷多了，虽然白天太阳出来后仍然很热。今天有几颗流弹从监狱上方呼啸着飞了过去，很可能是"故意的意外"。我希望这样的狙击不会经常发生。

4月12日

唉！我的期望注定会落空。今天来了8名俘虏，大部分是爱尔兰步兵；这是个不幸的兵团，他们遭遇了两次不幸！这8人当中有一个是炮兵军官，他以前是参谋部的。同样，他们也没带来什么新消息，只是对自己在一次作战行动中的"表现"进行了生动的描述，但是关于那次行动的事情早就传得众人皆知了。今天来了一车给战俘的货箱。另有7吨这样的箱子已经被送往瓦特瓦尔了。这些箱子里有纸张、书籍、雪茄、纸烟、烟叶和食品。我们对此非常感激，这让我们更加觉得国内的人们没有忘记我们这些不幸的战俘。

自新年以来，我们讨论和用来打赌的其中一个主要话题是："战争什么时候结束。"唉！我们总是低估了要在这里停留的时间；如果那些乐观的预言成真的话，我们早就获得自由了。有人预测女王生日那天我们会被释放；有人说会更晚，也有少部分人说会更早。自从到这里之后，我个人就一直在观察人们预测的即将发生的事情的发生概率。那一天肯定会到来,但是我希望我们知道是哪一天,即使那一天是几个月之后我也希望我们知道。因为如此一来,我们就可以每天数着日子期待那天的到来了。

4月17日

报纸很长一段时间没有登载消息了,夸张的谣言却满天飞。自从上星期五以来,德韦被俘的谣言就一直在流传,事实上,这似乎很有可能是真的,德韦将军曾接连两次被俘,但他不可能不与罗伯茨勋爵的部队正面交锋,就允许自己第三次落入敌人手中。今天的报纸没有提到英军与德韦作战的新闻,不过很久没有关于他的消息了。但荷兰纵队对他的下落表示担忧。据说,他已经包围了布拉班特,但是布隆方丹派出了强大的纵队,到今天为止,还没有从这位失踪的将军那里得到任何消息,或者确切地说,是根本无法从他那里得到任何消息。还有传言说卢卡斯·梅耶已经在纳塔尔被俘。

我一直很有规律地继续我的素描和漫画。我最近也读了更多的书。由于是复活节周,霍夫迈尔在耶稣受难日举行了一场礼拜,并在复活节周日主持圣餐礼。复活节!如果有人在我第一次被俘时告诉我,复活节那天我应该还在战俘营里,我一定会认为他疯了,或者我自己会发疯。很好,我们不知道未来,但一直盼望着能早日得到释放。

我写了许多信,收到了许多信。我想我在写信的方式上已经有了很大的改变。也就是说，我习惯了写四页相当有见地的东西，但却没讲丝毫重点，这无疑是一个好记者的标志。

说到当俘虏，我们听到的更多的是那些侥幸逃脱的幸运儿的故事！人们不得不承认他们是幸运的，并嫉妒他们。现在他们自由了，而且他们有充分理由逃脱。然而，他们要忍受多少苦难呢？好吧，言归正传。戴维刚从医院回来，他在《规范与矿工新闻》(Standard and Digger's News)上看到了霍尔丹对他逃跑的描述。火车似乎不太合适，我们的朋友们要走很多路。勒梅热勒扭伤了脚踝，食物吃光了，他们只能靠卡菲尔人的食物维持。最后，他们上了一辆运煤卡车，还差点儿被发现，他们在科马蒂普尔特越过边境。我羡慕他们，但是，没有勇气就不可能取得这样的成功。运气当然会跟着他们，但我认为是他们在地下的耐心赢得了好运的青睐。

我们从戴维那里听说，帕特森和库林沃斯都是战俘，他们在试图逃往英国战线时被捕。可怜的家伙！不过，正如我们在家里的朋友对我们所说："他们在战俘营比在前线更安全。"这句话总是使我生气，仿佛是在暗示安全是人们在战争中所希望得到的最大奖赏；我们不禁感到痛心疾首，尽管我们成为俘房，却能保住一条命。

4月19日

轮盘赌在这里如火如荼地进行着。我们的安排非常巧妙，晚餐后的餐厅成了赌城蒙特卡罗。

今天我们开了一个很大的伙食会议，要任命一个新的伙食委员会，讨论有关费用等各种问题。这是一次非常有趣的聚会，只是吵闹得厉害，根本没有任何实际的动作。大部分的发言都离题了，最后我们没有做出任何重要决定就散了。然而，有一件事很严重。亨特上校呼吁为住院的生病士兵提供更多的捐款。他们显然完全是由慈善机构和我们的捐款支持的。德兰士瓦政府（尽管吹嘘自己很文明）甚至不提供床位！这一事实也许会使一些被布尔人欺骗的人醒悟过来。

5月8日

最近我们收到了大量的消息。罗伯茨已经开始了大进军。布兰福德在我们手中，温堡也在我们手中。通过博斯霍夫的部队到达了霍普斯特德，而英军已经在十四条溪处越过了瓦尔河。有相当长一段时间没有人听说德韦的消息了。许多报纸都承认这一点。谣言说我们支持克龙斯塔德！！德韦、斯泰恩和8000布尔人被抓了！！城里的英国人认为我们将于5月24日获释。布尔人似乎陷入了恐慌，激动人心的会议也举行了。克鲁格星期天召集了人民议会，用煽动的语言发表了讲话。他在承认形势严峻的同时，告诫市民们继续进行相信上帝的斗争。沙尔克·伯格将军在向市民发表讲话时表示，如果不能坚持下去，共和国的独立也就结束了。比勒陀利亚教会向大不列颠、欧洲其他和美洲的教会发出了和平请愿书。他们祈祷这邪恶的流血事件能够停止。克鲁格说："继续斗争到底。"是英格兰先认输，还是克鲁格先认输？

我们办了一份报纸，这是进步。我们称它为《格拉姆》，因为在斯塔茨模范学校，我们所有的新闻都以信号格拉姆这个很流行的名字代表（当时新闻是用信号发出的），比如卡菲尔格拉姆（通过卡菲尔传递）、布洛基格拉姆（布罗基成功地从警察那里获得的信息），等等。罗斯林是编辑，斯特奇斯少校是助理编辑。我、怀特、R.A.威克、第5明火枪队发枪手负责画画。报纸的全部内容都是由罗斯林写的，现在正由他进行胶版印刷。我们希望第一次能出70份。

5月13日

虽然最近来了两三个战俘，但我们没有得到具体的消息。毫无疑问，全面推进已经开始，但是我们的部队抵达了什么地点还不确定。此外，德韦是否被俘仍然未知。今天早晨传来了最荒唐的谣言，大意是说马弗京已经沦陷，但我简直不敢相信。

昨天，霍夫迈尔先生接到好消息，要他收拾行李走人。他似乎很感动地说再见，几乎要崩溃了。我们都很喜欢他，向他衷心告别，在他离开战俘营时为他欢呼，并唱起了《他是一个快乐的好人》。我们会想念他以及他主持的礼拜仪式。

我们的报纸昨天出版了，非常成功。我们希望在女王生日那天推出新的一期，尽管这是一项艰巨的任务。

最近生活没那么糟糕。想着很快就可能得到释放，同时又忙着编写报纸《格拉姆》，在我而言，时间过得很快。我们前几天搞了一个卖彩票的活动，以迎接我们释放的那一天。日期从5月15日到8月15日。《女王的生日》很受欢迎，而《战地》(8月15日之后的任何一天)的售价为6英镑。

当然，《佛克斯登报》上的消息和往常一样。对英国的侮辱已经进行得差不多，最近又开始攻击女王！在目前英国军队的进军中，编辑的虚假权力又一次受到了审判，人们再一次发现他并没有什么不足。市民们充满勇气（到处跑），连女人都想战斗！确实，有谣传说我们现在的警卫要被征召，妇女们会被派到这里来看守我们。我们真倒霉！我想我们都会被枪毙！前几天举办了人民议会，克鲁格和其他人引用了一些经文后，1900年的会议在开了两天之后结束了！

5月14日

今天来了这么多消息，我想最好趁我还记得的时候记下来。今天早上有谣言说，许多布尔人确实进入了马弗京，但由于没有得到支援，仍然留在那里。今晚的《佛克斯登报》真是个奇迹。它提供的新闻比以往任何时候都多。马弗京遭到袭击。布尔人占领了一座"堡垒"，但在夜间遭到袭击，造成7人死亡，"数人"受伤和被俘。目前，卡灵顿和普卢默正坐火车去马弗京，所以那里一定会解放。布尔人到处逃窜，英国军队于 11 日进入克龙斯塔德。亨特率领 25000 名士兵击退了敌人在沃伦顿的进攻，"布尔人无法抵抗弗莱堡部队的进军"。

"但是，"《佛克斯登报》说，"克龙斯塔德已在敌人手中，这一点不必大惊小怪。随着我们撤退，我们的防线变得越来越少，我们的突击队员可以集中精力更有效地抵抗英国军队的进攻。此外，许多事情可能会发生，这将给战争一个全新的面貌。我们的代表团已到达美国。据说，罗伯茨勋爵之所以急于进军，是为了在女王生日那天抵达比勒陀利亚，但真正的原因难道不是害怕外来干预吗？罗伯茨勋爵希望在他的部队被调到其他地方之前取得决定性的打击。因此，每天的拖延对我们的事业是有利的。只要有勇气就够了。"

以上是《佛克斯登报》头版文章的概要。他们仍然喋喋不休地谈论外国干预，但根据我最近从欧洲大陆对这场战争的批评中收集到的信息来看，我认为他们在这条战线上的机会比战争刚开始时要少。至于市民们的勇气，我怀疑他们中的大多数人现在也没什么胆量了。几个月来，德兰士瓦政府一直在逼迫他们的臣民进行斗争，但是，兔子被逼急了还会咬人，对那些最简单、最无知的人而言，政府的承诺和希望看起来一定是徒劳的。

也许，我们获释的日子快到了，但是，过于乐观是不行的，谁也不知道可能发生什么情况。到月底，我还是没能获得自由。

第十六章 战俘日志

5月20日

这个月已近尾声，我们获释的日期仍然没有确定。新闻有很多，即使是《佛克斯登报》也不隐瞒任何事情。罗伯茨已经取得了很大进展，但他是否在克龙斯塔德停留还不确定。我们都希望他能一往无前，直达比勒陀利亚。

最近有传言说政府打算把我们转移到利登堡，对此我们感到非常震惊，但目前这只是谣言。如果我们被转移，我们将完全有可能被布尔游击队员转移到任何地方，而他们会把我们当作人质；但是，如果我们被继续关在这里，将有机会在约翰内斯堡被包围期间得到释放。据说布尔人已经决定守住那个地方，不打算引爆地雷。他们凭借那支军队是不可能守得住比勒陀利亚的。

生活照常进行。最近唯一的消遣是由一些精力充沛的人发起的体育运动。活动是昨天举行的，毫无疑问非常成功。不过，当天的主要看点是投注。几位有魄力的军官都在记账，但是皇家恩尼斯基伦龙骑兵近卫队队员黑格在这方面是最出色的，这一天的成功主要是由于他的滑稽表演。怀特为下一期报纸画了一幅很好的图画，名叫《我们的赌徒》。

今天上午的布道值得记录下来。在礼拜仪式上，贝特曼牧师发表了一篇非常特别的演讲。究竟是为了我们的精神熏陶，还是仅仅为了在经文的伪装下把消息传达给我们，目前还不十分清楚。但是，通过宣讲这段经文，"就像冷水对于口渴的灵魂一样，好消息也是如此"，等等。他让我们相信，我们很快就会被释放。

轮盘赌的发展势头非常强劲。输和赢的钱数都很大。

5月25日

昨天，我们这些战俘与大英帝国一道，在世界各地庆祝女王的生日。我们的小战俘营里就是大英帝国一个相当有代表性的缩影，这里有英格兰、苏格兰和爱尔兰的士兵，殖民地居民，南非人，澳大利亚人和其他平民，实际上，要是再有一个加拿大人，这个名单就完整了。

昨天晚上我们为女王的健康干杯（相当难喝）。这可是自11月18日以来，我第一次尝到了葡萄酒或烈酒的味道。接着我们唱了《天佑吾王》，所有人都以一种我从未听过的真挚感情演唱了这首歌。从外面听一定很动人。对我们来说，这就像是在"发泄"我们被囚禁的怨恨，而我们也从中找到了与祖国的联系——我们已经与这个国家断绝联系好几个月了。

现在可以肯定的是罗伯茨正在让他的部队休息，有传言说布尔人要求停战。罗伯茨勋爵是通过胜利还是和平休战来庆祝女王的生日还有待观察。

《佛克斯登报》认为，如果国家总统给女王发电报，并将无条件释放所有英国战俘作为生日礼物，这将是一个优雅的举动。由于《佛克斯登报》是官方机构，这很可能只是对公众的一种

第十六章 战俘日志

试探（如果这个国家有公众的话）。无论如何，总统这个老谋深算的布尔人认为这么做很划算。他发现养活和看守5000名战俘会带来很多的麻烦和花费，所以他给了他们一磅茶——我的意思是，这是一种优雅的行为。这个提议是否会被接受还不确定。但无论如何，如果德兰士瓦政府让我们越过边境，我们将非常高兴。

（白天）天气简直太好了。每天早晨，微风徐徐，使人渴望散步或骑马，也使人因无法走出只有方圆100码的战俘营而恼火。我们从此可以喝酒，但就我个人而言，我要等到自由以后，才能再纵情享受那种奢侈。第二期报纸在昨天出版，我相信大家都很感激。

5月26日

今天上午来了两名战俘。他们是在布尔人重新占领的林德利被捕的。他们被押着穿过乡村来到纳塔尔铁路，然后直接被送到了比勒陀利亚。他们说听到瓦尔河附近有枪声，所以我认为罗伯茨勋爵也在那里。布尔人在约翰内斯堡南部占据着一个优势阵地，他们还打算保卫这个城镇。德韦的其中一支部队仍然在我们军队的右后方，但将由伦德尔的师来处理。据说，德韦曾经提出投降，条件是他自己不能成为战俘。但罗伯茨只接受无条件投降。布勒奉命不惜一切代价去增援德兰士瓦边境的朗峡。《佛克斯登报》说罗伯茨勋爵的总指挥部在克龙斯塔德以北霍宁斯普鲁特，但这可能是几天前的新闻。还有谣传说我们的部队占领了波切夫斯特鲁姆。

5月19日[1]

我们的获释似乎就在眼前。昨天和今天,在约翰内斯堡的方向可以清楚地听到重型武器开火的声音,约翰内斯堡现在在我们手中。杂货店老板博舍尔乘末班火车来了。他说当他离开的时候,在街上看到了龙骑兵。我想明天或后天我们就能出去了。每个人的心情都很好,非常兴奋。

吃晚饭时最兴奋。海先生和伍德先生走了进来,请亨特上校派25名军官到瓦特瓦尔去照顾这些人。克鲁格去荷兰了。英国人明天就要来了,我们就要自由了!我们唱了《天佑吾王》,并为海先生和司令官欢呼,他们发表了很出色的讲话,说希望在外面和我们握手。啊!我多么想再见到团里的战友呀!司令官说,克利普福特仍在战斗,但一支4000人的部队已经突破,并来到这里。我相信现在城里有很多抢劫行为。轮盘赌结束了。我激动得几乎写不出连贯的字来。我简直不敢相信!六个半月的监禁,马上就要被释放了!感谢上帝!

5月31日

我们不该这么早就抱着希望。昨天和今天都是在可怕的悬念中

---

1 原文如此。——编注

第十六章 战俘日志

度过的。远处传来枪炮声,看到布尔人骑着马四处游荡,各种各样的谣言和描述到处都是。最后的悬念太可怕了。我们只希望能赶快获释,我们整日焦急地望着地平线,希望能看到有部队过来。

突击队员们一整天都在镇上通过,有人在平原上看到一支突击队员从马弗京赶来。一名突击队员向我们走来,我们很惊讶他们没有向我们开枪。确实没有什么可以阻止他们。三个战俘被关了进来。他们是在约翰内斯堡或约翰内斯堡附近被捕的。今天上午10点,该镇正式投降。布尔人打算在比勒陀利亚以南6英里的艾林进行抵抗(我想他们又要故伎重施,搞什么10分钟战斗),预计明天那里会有战斗。他们的逃跑路线经过了我们的战俘营和瓦特瓦尔,如果这些外国匪徒不能面对和射杀武装人员,而射杀几个俘虏,我也不会感到奇怪。

显然,这座城市将在平静中移交。《佛克斯登报》仍然有满满一页纸的消息,但似乎对战争没有丝毫兴趣。他们说要放弃比勒陀利亚,就像我们的一份报纸说要举办一场音乐会一样。好吧,我想该来最终都会来,到时候,我会松一口气的!

6月1日

没有英国人的踪迹!但我们希望明天能听到枪声。传言有很多,说什么罗伯茨被俘,弗伦奇阵亡,等等。昨天镇上发生了许多抢劫事件,有5个人中了枪。我们几天前的希望破灭了,我们大多数人都认为释放时间在一周后。

《佛克斯登报》非常出色。编辑显然是一厢情愿地想要避免诽谤和吹捧，几乎没有提到战争。

6月3日

我几乎不抱希望能出去了，又回到了平凡单调的生活中。没有听到枪声，因此在比勒陀利亚附近任何地方都不可能发生激烈的战斗。据报道，伦德勒在自由邦遭到了阻击，据说罗伯茨勋爵还在约翰内斯堡，除此之外就没有任何消息了。博塔控制住了局势，把克鲁格任命的官员赶了出去，亲自选了一个委员会，并安排了城外阵地的防卫。因此，他实际上使自己成为德兰士瓦剩余部分的总统。克鲁格带走了100万镑黄金，用国家银行的拒付支票支付给政府的官员，而他从国家银行取走了所有的钱。他的每一个大臣都渴望喝这个老人的血，也许他最好走得比米德尔堡更远一些。

6月4日

今天上午8时30分左右，在不远的地方，从西南方向传来了枪炮声——野战炮、"砰砰炮"、马克沁机关炮，甚至还有步枪。大约9点钟的时候，有人看见一颗炮弹在城南山脊的土木防御工事上爆炸了。我们立刻拿出望远镜，那天余下的时间里我们都很开心。弹片沿着山脊炸开，不久，立德炸药炮弹就被埋在了山上。枪声似乎很杂乱，布尔人没怎么开枪。在西部的小丘，到处都是弹片横飞，我们以为步兵会攻击他们。但立德炸药炮弹无疑是最有趣的。它们发出巨大的响声，扬起褐色的土云。有一段时间，炮台似乎是我们的炮手瞄准的目标，这些耗资巨大的轰炸当然收效不凡——四枚炮弹正好投进西炮台内；但后来，炮弹对准了该镇的东郊。我们弄不清楚这些炮弹是不是打算轰炸火车站。但是，除此之外，也好像没别的攻击目标。大约下午4时30分，人们看到布尔人离开西部山脊，以惊人的速度徒步穿越平原，沿着北部公路消失了。这一天的战斗以立德炸药炮弹的威力结束，炮弹击中了两座堡垒和周围的小山。和平随之而来。最后传来几声炮声，听来非常近，我们可以清楚地听到射弹从西飞到东，所以我们希望我们的军队已经占领了山丘的西边。

今天夜里群山在燃烧，火光异常闪耀，我们就快得救了。

6月5日

这一天很奇怪，充满了希望和恐惧的奇怪的一天。今天凌晨1点半左右，司令官把我们叫醒，命令我们立即收拾行装，准备向铁路进发。我们将乘火车沿着德拉瓜湾线向米德尔堡附近的某个车站驶去。所有人都惊恐万状。我们马上就要获释了，现在却要匆匆转移，真是太可怕了。语言无法表达我的心情。最后我们决定拒绝去。如果他们有这个胆，就把我们都杀了吧。我们提醒司令官上个星期向军官们做出的承诺：如果他们把这些人困在瓦特瓦尔，那他们和这些人都不应该被转移走。司令官回答说，他下了命令，还叫我们必须执行他的命令，他站起来要离开，但是我们不让他或他的副手走，把他们两人都关了起来。司令官说警卫很快就会来救他，但他最终承诺，如果我们释放他，他会尽最大努力不把我们转移走。然后，遵照亨特上校的建议，我们回到了床上——因为我们不知道什么时候会有突击队员出现——毕竟你不能向躺在床上的人开枪。我们就这样在焦急中过了几个钟头，后来天亮了。天边刚一出现亮光，我们就焦急地扫视着群山，寻找英军。我们能看见成排的人穿过跑马道，但却看不清他们是什么人。不一会儿，大约8点半，两个穿卡其色衣服的人影从拐角处过来，跨过小溪，向我们飞奔过来。他们是来命令我们转移的布尔人吗？——是先头侦察兵，后面还有执行转移命令的突击队员，还是我们的朋友？是的，感谢上帝！一个骑手举起帽子欢呼起来。人们疯狂地冲出战俘营，发出嘶哑刺耳的叫声，战俘们像疯子一样狂奔，欢迎前来搭救他们的人。

到了大门口，除了丘吉尔，我看到的还有谁？丘吉尔和他的堂兄马尔伯勒公爵骑马走在军队前面，给我们带来了好消息。我们重获自由后的感受是无法描述的。被俘7个月之后，我简直不敢相信自己获释了，欢乐几乎弥补了我们以前所有的烦恼，而且，战争还没有结束。

最后，我们举起了英国国旗，这是布伦斯（其中一名战俘）裁下一块维克尔旗做成的，插旗子的木棍之前一直插着德兰士瓦旗，那面旗子长期以来都在提醒我们的处境。我不会写罗伯茨勋爵率部奏凯进入比勒陀利亚的故事,因为已经有很多人写过了。

帕特森和库林沃斯也与我们一样好运,他们之前在逃往英国防线的时候被俘,但现在也很快得到了释放。写完这个令人高兴的消息,我也结束了我的记录,这段令人疲惫的日子充满了不确定性、失望和单调,但我依然怀揣耐心,抱着希望,并且在最后得到了快乐的结局。

第十七章　钻石山之战

比勒陀利亚，6月14日

布尔人无力抵抗我们从布隆方丹发动的进攻，这样一来，比勒陀利亚沦陷后，他们更想求和了。我军几乎不费一兵一卒就占领这个城镇之后，大家普遍认为这场战争其实已经结束了。那些花费诸多时日往比勒陀利亚行军的部队自然希望在完成任务后，能给他们一段时间休养。但是，战争残酷，需要大家付出更多。

强大的克里斯蒂安·德韦在自由邦取得了一系列胜利，雷诺斯特附近的通信也被切断了，这提醒所有人我们的努力还远远不够。博塔手下的布尔人军队在首都虽然仍在抵抗却是强弩之末，但自由邦传来的捷报让他们备受鼓舞，准备继续负隅顽抗，和我们最后一搏。但对于这点，我并不持乐观态度；可以肯定的是，哪怕德兰士瓦的布尔人指挥官在6月7日和8日已经在考虑投降了，但在9日和10日布尔军仍在实施各种不识好歹的诡计来骚扰，甚至暗算英国军队。

6月7日，一个消息在军营里传开：博塔夫人已经代表她的

第十七章 钻石山之战

丈夫带着代表团穿越战线前来求和，而肖曼将军本人也提出了非常坚决的停战建议。因此在 8 日这天停战协议开始生效了。9 日本来计划要在扎沃特斯科普召开一个会议，罗伯茨勋爵将在那里会见共和国的将领。但是到了那天，情况却发生了变化。当陆军元帅正准备上马赶往开会的地方时，博塔派人来表示，除非罗伯茨勋爵拿出新的提案，否则布尔方面不会进行任何协商。由于这个变故，战火即刻重燃了。

现在简要说一下战争形势：罗伯茨勋爵的军队分布在比勒陀利亚各个方便的野营地，其中大部分兵力部署在城市的东面和东北面；布尔军方面，博塔和德拉里手下有大约 7000 名士兵和 25 门火炮，他们在德拉瓜海湾铁路东面 15 英里处占据着有利的位置。显然，不管是从道德还是从实际来看，强者之师都不可能让首都一直处于敌人有组织的威胁之下，哪怕是半围城的状态也不行。

因此，为将敌人彻底赶走并缴获枪炮和战俘，一场声势浩大的联合作战开始了。我们将出动所有可调动的兵力参加战斗。但从布隆方丹来的大军减员十分严重，疾病、死伤再加上不得不留下一些旅队和营队在后方维持通信，兵力所剩无几。另外我们必须得留下第 14 旅来守住约翰内斯堡，现在第 18 旅又留作比勒陀利亚的守备部队，所以只剩下第 11 师、直属部队和伊恩·汉密尔顿的部队能够投入战斗。

第 11 师大约配备了 6000 支刺刀和 20 门火炮。伊恩·汉密尔顿的部队损失了驻守在达克龙斯塔德和比勒陀利亚的史密斯-多里恩旅，即使有戈登骑兵旅的增援，也只有不超过3000支刺刀、1000把军刀、2000名枪骑兵和30门火炮。但减员最严重的还是骑兵部队。弗伦奇领导的骑兵师本该配备6000名骑兵，现在即使联合了部分赫顿步骑兵旅，也只有区区2000人。伊恩·汉密尔顿的两个骑兵旅只集结了1100人，而名义上有至少4000人的里德利步骑兵部队实际上只剩下一半左右。因此，一个旅队的战斗力实际只相当于一个团，一个团也只比一个中队强一点儿，而一支部队只有八到十名士兵的凄惨景象——说难听点就是荒谬——四处可见。因此我们必须记住一点，尽管各部队的光鲜名头似乎表明罗伯茨勋爵领衔的是强大的军队，但实际战斗力却大相径庭。

敌人的阵地沿着一条陡峭而高耸的山丘线展开，从比勒陀利亚以东大约15英里的德拉瓜湾沿线向南北延伸，并在这两个方向上无限扩展。陆军元帅制订了作战方案，先由骑兵部队攻击敌人侧翼，并全力切断敌军后方的战线，然后由步兵进行正面强攻，这样一来他们只能丢盔弃甲，落荒而逃，而他们可能来不及带走的重型火炮则会被我们收入囊中。

弗伦奇奉命对敌人在铁路以北的右翼进行大范围的扫荡。波尔-卡鲁带着第18旅和卫兵沿着铁路向前推进，伊恩·汉密尔顿在他南边约6英里的地方与他平行前进。布罗德伍德部队和汉密尔顿留下的骑兵部队则负责驱使敌人向左移动。夺取战利品是很

第十七章 钻石山之战

重要,但感觉他们只是以此作为出现大量人员伤亡的借口。即便敌人的撤退已经可以让元帅非常满意,但两翼的骑兵部队仍在锲而不舍地把敌人往中间逼退。

11日,全军都处在战斗状态。英军前线两翼之间长达16英里,位于最左侧的弗伦奇部队很快与敌人接战了,由于布尔军占据着有利的防守地形,他的队伍受到了猛烈进攻。他与敌人奋战了一整天,直到晚上才取得优势。波尔-卡鲁和第11师沿着铁路向东移动,他命令部队以战斗阵形展开,并用远程火炮轰炸敌人。布尔军使用旗鼓相当的武器进行反击,其中有一门安装在铁道卡车上的6英寸口径大炮。间歇性的轰炸持续了一整天,但中路的战斗只是佯攻。

与此同时,布罗德伍德和伊恩·汉密尔顿从右侧进军,他们发现布尔军占据了钻石山全部的高地,海德堡突击队和南德兰士瓦市民组成了左翼防线,这使得我军的包围计划成为泡影。因此我们不得不改变战略,让右翼和中右翼的部队设法从敌人左翼的中部穿透防线。为了阻止敌人过分地向左扩张,汉密尔顿派出了1个营、2门野战炮以及戈登骑兵旅和马队从提格斯波尔特山脊方向进攻。同时里德利步骑兵旅向内迂回向铁路进发。这两股部队从敌人中间撕开一个缺口,就像游泳健将用手把水往两边拨开一样;因此,布罗德伍德旅便可以趁机从这个缺口穿越防线。

8点后不久,为了压制在提格斯波尔特附近的布尔军,我军的前线部队开始对其进行猛烈的枪炮攻击。半小时后,里德利旅沿着钻石山的南坡展开战斗。与此同时，布罗德伍德旅稳步向东挺进，他们跨过一条湍急的小河，这条河流经一个群山环绕、一马平川的草原，草原的东端有一个狭窄的缺口，部队穿过这个缺口，向铁路进发。布罗德伍德旅很快与占据环形草原四分之三地域的布尔军交战，分散进行进攻，从远处看这里并没有如画的风景，只有此起彼伏的连天炮火。我们看到布尔人用7门火炮来对付布罗德伍德的部队，由于地处环形平原，这些炮弹的火力倍增，骑兵很快就遭到了猛烈的轰炸。

尽管如此，布罗德伍德仍在继续推进。他认为郊外十分有利于骑兵行动，而那个缺口，或者用这个国家的话说，那个"隘口"在东面的群山中清晰可见，这鼓舞着他坚持突破重围。因此，11点左右，他让康诺利中尉这位出色的皇家苏格兰骑兵团军官的弟弟——几周后在尼特拉尔山峡牺牲了，这是他的朋友、部队和国家的巨大损失——带着2门马炮冲在队伍的最前端，火力掩护大部队突围。然而布尔人的攻击顽强而猛烈，他们似乎又找回了对战斗的热情。这个战场上的布尔人主要是德国人和其他外国人、殖民叛乱分子和那些拒绝投降的人。

这2门马炮刚启用就遭到了一次极其凶恶的攻击。他们在一片缓坡上发动攻击，周围地势起伏，视野极其受限。大约200名强壮的布尔人一鼓作气冲了下来，他们想用步枪近距离射杀2名炮手，趁机缴获他们的马炮。这拨进攻突如其来，在不到300码远的草地上忽然就冒出了布尔人。面对突发情况，马炮手立刻用霰弹进行射

第十七章 钻石山之战

击,这虽然阻止了布尔人继续逼近,但现在的形势依然十分严峻。因此,布罗德伍德不得不调遣第 12 枪骑兵部队上前支援。

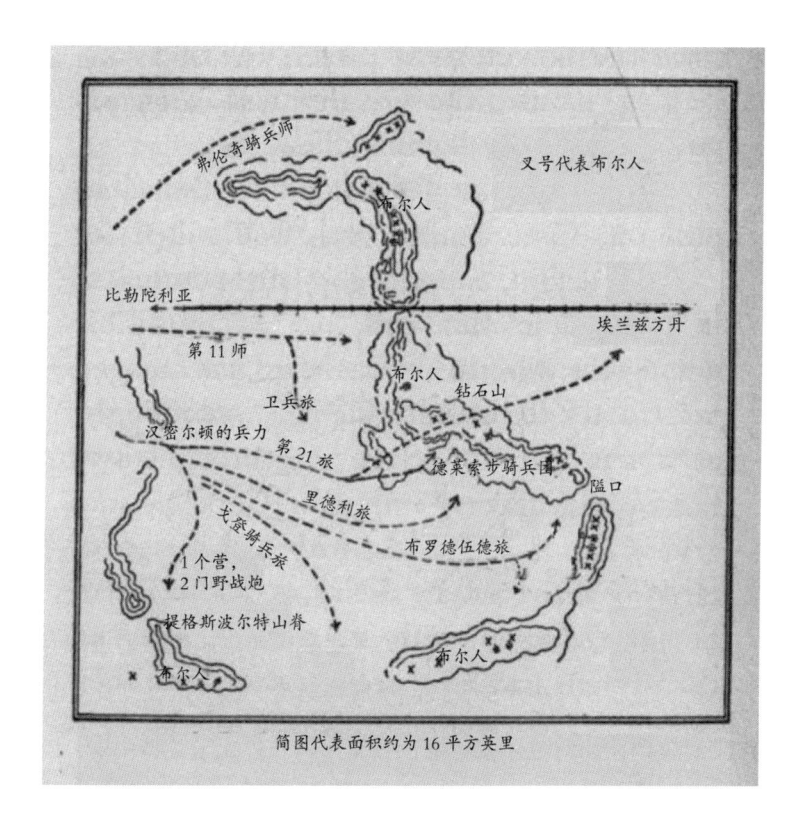

1900 年 6 月 11 日及 12 日的作战行动。

尽管采用了分散阵形,连续几个小时的不断轰炸还是让骑兵旅损失了大量战马。艾尔利伯爵原本和准将一同前进,但他的马不幸被击中，他只得停下去换一匹。当他回队伍的前面时，他的团正向布尔军进攻的方向前进。也许是没获悉最新的行动进展，他没有往布罗德伍德指示的方向进军，而是带着他的部队朝稍北的方向开去。这样，他在前进的过程中避开了对马炮虎视眈眈的敌人，转而进入了镇守钻石山低坡的敌人的炮击范围。但他的调配堪称绝妙，这支英勇的骑兵团在行进中收放自如，随机应变，在全军中堪称典范；他们与狡猾的敌人纠缠了长达8个月，在占领比勒陀利亚之后他们重视所有战斗，并没有觉得高枕无忧。

这位伯爵的行动取得了立竿见影的效果。虽然兵团的人数不足150人，却让布尔人在他们面前抱头鼠窜。那些对火炮造成威胁的敌人向南逃窜，处在冲锋线的敌人则朝东和朝南往钻石山上方向逃命。如果我们的马年轻力壮，那肯定有布尔人好受的。可惜它们已经精疲力竭了。这些马多来自遥远的阿根廷，在战场上一刻不得闲，又没有充足的粮草，早已疲惫不堪，无法追上飞奔的逃兵。然而，有少数敌人依旧勇敢地坚守阵地，一个布尔士兵在我们攻到他面前时还在开枪，他在几码外打死了莱特中尉，随后他举起双手，似乎在乞求同情。但我们不会让他如愿以偿。总共10名布尔人死于我军的长矛之下，他们的死必定让那些逃兵的良心备受煎熬。现在，该团已经逐渐追击到敌人的主阵地附近，并对他们的左翼发动猛烈袭击。

看到这个情况，艾尔利勋爵下令部队撤回，准备把他的部

第十七章 钻石山之战

队在过于深入之前召回，毕竟他已经得到梦寐以求的战利品。就在他下命令的时候，一颗子弹突然穿过他的身体，他马上就断了气。在成功指挥了这次战斗后，这位尊贵的军官就这样离开了我们，他的上司信任他，他的朋友们爱他，他的士兵以他为荣。人员所剩无几的中队有序地退回到他们赢下的阵地上，这次的行动让他们失去了2名军官、17名士兵，其中有一名第10胡尔萨轻骑兵队的战士，以及约30匹战马。绝大多数伤亡发生在冲锋时。

与此同时，布罗德伍德的右方遭到敌人的强压。布尔军队主力正与第17枪骑兵部队及部分戈登旅交战，但有点儿招架不住，开始犹豫是否要继续进攻。看到我军的推进如此迅猛，他们便冲下山占领了一个村庄和一些长满草的山脊，他们可以从那里用猛烈的火力压制我们。一连串的突发事件没能打破布罗德伍德一贯的冷静作风，他的两匹马虽然已经被打死，他还是命令皇家骑兵"端掉他们"。

骑兵们即刻背着卡宾枪下马准备战斗，布罗德伍德不得不对他们下达第二条指令：必须用刀剑进行战斗，现在的情形不适合开枪。这个意料之外的白刃战机会让士兵们兴奋不已，于是，他们爬回到马鞍上，把碍事的卡宾枪塞进枪筒，拔出他们的长剑直奔敌人。布尔人在这部分战场上的人数远胜骑兵，看似不费吹灰之力就能重创他们。但这些高大威猛的骑兵实在让人望而却步，他们用刀柄鞭策着他们的战马，激励它们向前冲锋，布尔军挡不住这猛烈的进攻，只得像懦夫般骑着马匆匆逃窜。这次进攻损失了 18 匹马，但皇家骑兵没有人员牺牲。

这两场战斗的胜利以及它们带来的有利条件使我们夺回了战场的主动权。尽管布罗德伍德守住了他赢下的所有阵地，但面临敌人即将到来的强烈抵抗，他依然觉得自己的力量还不够强，不足以朝着"隘口"继续推进。

中午时分，身处第 11 师的陆军元帅看到前方的敌人在大范围移动，他判断这是他们即将撤退的征兆。他不希望再有宝贵的生命被夺走，最好的结果就是不费一兵一卒便可以达成战略目标。他命令伊恩·汉密尔顿，除非遇到敌人的顽强抵抗，否则不要率部继续推进，以免人困马乏。然而，汉密尔顿看到布罗德伍德已经深入敌人腹地，担心如果按兵不动，敌人会集中全部力量攻打他的骑兵指挥官。他认为必须要对钻石山低坡上的敌人发起进攻，向布罗德伍德伸出援手。

因此，他指示布鲁斯-汉密尔顿率领第 21 旅进军。作为一个勇敢的男人和一名英勇的将军，这位军官二话不说，立刻着手调动各营展开行动。战斗力相当强大的敌人占领了钻石山下一条灌木丛生的狭长岩脊。2 点，两组炮兵和两门 5 英寸口径的大炮开始攻击。在炮击的完美配合下，苏塞克斯兵团向前推进，在岩脊的北端建立了据点，同时城市帝国志愿军和部分包括吉利斯军团在内的步骑兵从敌人正面迎击，两路夹击之下敌军右翼不堪重负，不得不撤离岩脊。

第十七章 钻石山之战

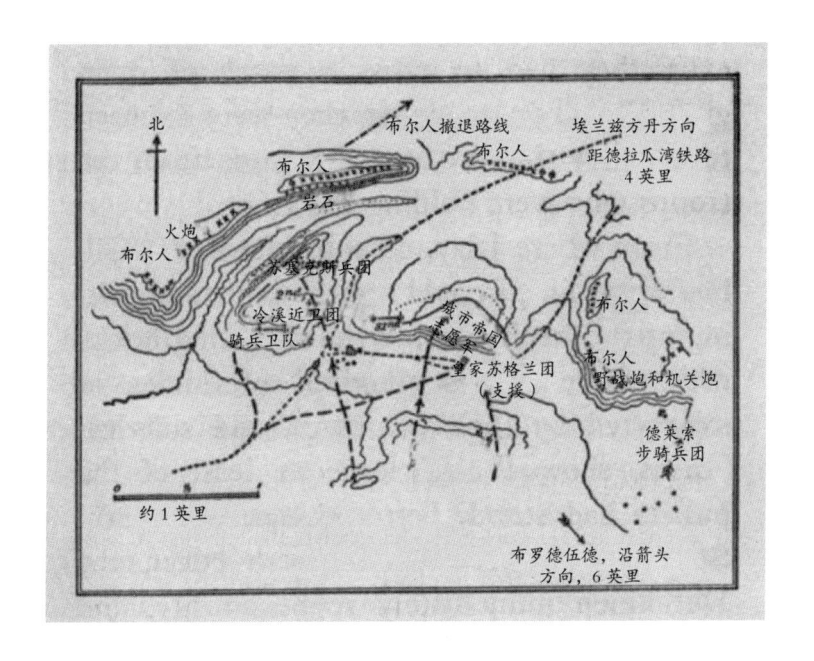

钻石山行动图解

毫无疑问，我们的步兵从这场战争的教训中受益匪浅。广泛延伸的散兵队伍在长满棕色杂草的平原上向前移动，得益于杂草的掩护，布尔军的火炮根本找不到瞄准的目标。一旦我军夺取了右侧山脊，敌人在这里就站不住脚了。

大约在3点半，二三十名布尔人开始撤离他们的阵地。然而在到达主山之前，他们必须穿过一片空地，这么做会让他们在距离前线部队1200码的地方暴露在我军猛烈的火力扫射之下。我在吉利斯军射击线的左侧，能看到子弹打在这些布尔骑兵的周围，到处都是被击飞的泥土，他们有的攀着马鞍，有的被战友拖着，还有的马身上是空的，无人骑乘，看来除了泥地，有些子弹还是打中了更好的目标。那些荷兰人一到达新掩体就马上对我们进行反击，两名吉利斯士兵大概是这时被击伤了。

城市帝国志愿军趁机占领了整个灌木岩脊。一个不到14岁的可怜男孩被子弹击穿了头部，但还有一息尚存。他父亲被我们俘获了——这个相貌可敬的男人尽管收到了长官的命令，但他还是不愿丢下他的儿子。除了这个特例，布尔人转移了所有的伤员，并成功撤退到他们的主阵地。黑夜的到来打断了战斗，步兵们用尖桩围住他们打下的领地，随后便回到他们的马车上过夜。

现在必须把这场战斗进行到底，考虑到敌人出乎意料的顽固，陆军元帅指示波尔-卡鲁支援汉密尔顿和他的卫兵旅，协助他第二天的进攻。

第二天一大早，汉密尔顿的步兵便向前推进，重新进占昨晚用尖桩围起的领地。德莱索的步骑兵团在右翼准备进攻；骑兵一直守在楔形阵地上，与布尔军交火；但早上的战斗一直不温不火，汉密尔顿认为最好等增援旅队到达，或者至少等他们再近一些。

利用这个空隙，布尔军用他们的远程30磅大炮猛烈轰炸我们的炮组，此时和参谋一起待在第82野战炮团驻地的汉密尔顿将军被一枚流弹片击中了左肩。好在弹片没有穿入身体，只造成了令人麻痹和疼痛的淤伤，而这点伤没必要让他离开这里。奇怪的是，这只落在附近的炮弹像兔子一样在地面上不停旋转，我以前从未见过这般景象。

1点钟，当看到卫兵的先锋营出现在4英里外时，布鲁斯-汉密尔顿旅接到命令开始进攻。早上一直在战斗的德比郡团行进到了右侧山坡上的一块平地。城市帝国志愿军在战场中部向前推进，而苏塞克斯部队则在左侧进军。虽然他们遭到了布尔人机关炮的攻击，但整个高地的边缘都有掩体，再加上分散的阵形，伤亡减到了最低。一旦这支队伍成功到达这里，这场战斗的形势将发生翻天覆地的改变。

钻石山平原的最高处遭到了敌人炮火的扫荡，他们是从平原边缘大约1800码处一座很长的小石山上开火的，另外，一部分山顶也遭到了右侧布尔人的纵向射击。立即响起了震耳欲聋的步枪射击声，战斗激烈起来。中部的城市帝国志愿军开始减员，如果不是他们周围有岩石可做掩体，他们肯定伤亡惨重。显然以人类的能力我们不可能从山下知晓山顶的地貌，因此我们现在掉进了一个名副其实的捕鼠陷阱中。显然，在这时候强行进攻会造成很大的死伤，而且正如读者们在我画的简图中看到的，随着部队继续前进，他们将越来越容易受到纵向火力和交叉火力的打击。

我在纳塔尔的经历告诉我，离敌人阵地如此近，最好不要把火炮带到高原上来支援步兵。但布鲁斯-汉密尔顿将军毫不犹豫，3点半的时候，他把第82野战炮部队召到山顶，在对敌距离只有

1700码的岩石山脊上迎战布尔人。

突然加入战斗的火炮无疑决定了胜负。大炮发挥了立竿见影的效果。到目前为止，炮弹以每分钟十五到二十发的频率在空中呼啸，我们紧紧趴在石头后面，生怕被炸弹炸到。现在发射的频率已经大大降低了，我们因此可以相对安全地走动。野炮部队成功地让敌人再不敢露头，但大部分没打中敌人的炮弹却也落在了自己附近。10匹战马在这一发不可收的轰炸中被击中，两小时来他们仍在持续进攻，即使有炮台和马车的保护，仍有四分之一的炮兵被炮弹击中了。然而，其余的人毫无惧色，继续机器般精准地完成他们的打击任务，他们的沉着表现和奉献精神，赢得了在场所有人的深深敬佩。

大约4点钟，伊恩·汉密尔顿将军亲自来到山顶，他命令冷溪近卫团把战线向左延伸，并让皇家苏格兰团动身支援右方战场。两门大炮也支援到了前线，现在英军的枪炮声震耳欲聋，布尔人的火力被镇压了下去。伊恩·汉密尔顿并没有选择进行可能造成大量牺牲的近身肉搏，他的准将也没有这样建议，于是交战双方依旧保持着1英里的距离正面交火，两边猛烈的炮击持续到了太阳下山，夜幕降临。

指挥第18旅的波尔-卡鲁将军仍负责限制布尔军主力跨过铁路，他现在骑马来到汉密尔顿的驻地，着手制订第二天的作战计划。这两位年轻的指挥官15年前曾共同作为罗伯茨勋爵的副官一起工作，而现在则作为中将制订大型作战计划，这种

第十七章 钻石山之战

经历对他们来说一定非常奇妙。他们决定由汉密尔顿率部向右推进并打击正面的敌人，支援 12 日占领那里的德莱索步骑兵团；卫兵旅去接管第 21 旅赢下的圈地；而第 18 旅则负责把战线向左侧延伸。但幸运的是，明天进行全面进攻的计划要破灭了。由于在交火战中损失惨重，三个主阵地被抢占，撤退路线也被德莱索上校掌控的立足点所威胁，布尔军不愿再继续战斗下去了。

他们趁夜色秩序井然地从他们占领的阵地上全线撤退，排着四列长队沿着铁路向东行进。破晓时分，周遭的寂静似乎在宣告着英国的胜利。伊恩·汉密尔顿为了执行他最初的命令向北行进，破坏了埃兰兹方丹火车站铁路。步骑兵和骑兵在忙于追击撤退的敌人，但他们的马太累了，没有能追上。

6 月 11 日、12 日和 13 日的战斗到这就结束了，我们总共牺牲了大约 200 名官兵。比勒陀利亚周围 40 英里的乡村都被扫清了，没留下布尔人的残党。在德兰士瓦割据一方的强大的武装力量也遭到了一次严厉打击。

在钻石山行动之后，全军回到比勒陀利亚，只留下一支步骑兵团去镇守东边赢下的阵地。行军千里又历经百战的弗伦奇部队和波尔-卡鲁部队得到了急需的休整。伊恩·汉密尔顿的部队比前两者行军更远、战斗更多，但他马上又被派去开始新的征途。由于军情紧急，将士们一刻也不能松懈，瘦削的步兵和精疲力竭的马匹只得到了三天的喘息时间。随着罗伯茨勋爵的战略取得不断的成功，布尔共和国处境岌岌可危。我们占领了兰德，那里是敌对政府汲取黄金和战争弹药的肠道。我们打下了布隆方丹和比勒陀利亚，这两个地方相当于布尔共和国的心脏和大脑。相当于血管和神经的铁路也大都落在我们手中。然而，尽管受了致命伤，躯干仍在颤抖着，特别是遭到重创的左腿，这条左腿给我们带来了数次惨痛的打击。

要想结束战争，必须采取两项行动：第一，解除四肢区域的巨大威胁；第二，用力勒住敌方位于科马蒂普尔特附近的气管。第二项行动或许会交给雷德弗斯·布勒爵士和光荣的纳塔尔军队去完成。第一项行动则出动了汉密尔顿旅作为这个复杂而全面的计划的一部分，该计划安排在弗兰克堡、海尔博恩、林德利和塞内卡尔永久驻军，还调遣了四个强大的飞行纵队同时对克里斯蒂安·德韦发动进攻。

我决定要回国了。但是，看着这支英勇的队伍离开这里时，我心情复杂，在他们的陪伴下，我走了很长的路，也目睹了许多成功的战斗。他们行经罗伯茨勋爵的总部，老元帅也亲自出来送行。首先经过的是两支骑兵旅。它们已经不再能称作旅了，皇家骑兵团只剩下不到50人，军刀加起来都不足1000把。然后是里德利的1400名步骑兵，文件上的信息显示这原本是一个5000人的旅队。瘦弱的战马拉着30门大炮走了过去，2门可靠的5英寸口径"牛炮"被它们的牛队拖着。布鲁斯-汉密尔顿步兵旅与城市帝国志愿军一起大步跟在最后面——他们都疲于战争，但心中对于和平的渴望始终激励着他们,让他们决心一战到底。走在最后的是绵延数英里的运输队。他们浩浩荡荡地走过,在令人窒息的红色尘土中渐渐走远,最后消失在南边的群山之间。愿他们平安回家。